AF210745

Fritz-Stefan Valtner

Kommissar a. D. Klaus Schöne

Aktenzeichen 0523

Rache

Bibliografische Information der deutschen Nationalbibliothek:

Die deutsche Nationalbibliothek verzeichnet diese Publikation in der deutschen Nationalbibliothek detaillierte bibliografische Daten sind im Internet unter http;//dnb.dnb.de abrufbar.

Copyright, Bilder, Fotos, Autorenfoto, Umschlaggrafik von Fritz-Stefan und Manuela Valtner

Verlag:
BoD · Books on Demand GmbH,
In de Tarpen 42, 22848 Norderstedt
Druck:
Libri Plureos GmbH, Friedensallee 273, 22763 Hamburg

ISBN: 978-3-7693-1928-6

Printed in Germany

Alle Ähnlichkeiten mit lebenden Personen sind rein zufällig!

FSC
www.fsc.org

MIX

Papier aus ver-
antwortungsvollen
Quellen
Paper from
responsible sources

FSC® C105338

Fritz-Stefan Valtner

Kommissar a. D. Klaus Schöne

Aktenzeichen 0523

Rache

Inhaltsverzeichnis

Vorwort

In diesem neuen Fall, den die beiden Kommissare Schöne und Frau Junghans zu klären haben, fing alles mit einem tragischen Unfall an. Dieser schreckliche Unfall, der sich auf der Landstraße B 437 in Richtung Neuenburg ereignete und als Ursache des schweren Unfalls machte man ein Autorennen, zwischen zwei Jugendlichen mit ihren PS-starken Autos aus.

Dann geschehen zwei Morde!

Die Jagd nach dem Täter oder den Tätern beginnt.

Der Unfall

Bei diesen neuen Fall, den die beiden Kommissare Schöne und Frau Junghans auf dem Tisch haben, gibt es eine längere Vorgeschichte.

Alles begann mit einem Unfall auf der Landstraße L 437 zwischen den Ortschaften Neuenburg und Bockhorn.

Dazu muss man bis in den November 2022 zurückgehen.

Wir schreiben den 5.11.2022, einem frischen Novembertag, der Himmel war wolkenverhangen, aber es blieb bis zum frühen Nachmittag trocken. Es warr 17.30 h, der Berufsverkehr hatte nachgelassen und die Dunkelheit machte sich so langsam breit.

Auch Frau Marion Müllerjahns, 38 Jahre alt, Mutter von 3 Kindern im Alter von 8,10 und 14 Jahren ist in ihrem blauen Renault Clio an diesem leicht regnerischen Novembertag unterwegs.

Sie ist auf dem Weg zu ihrem Nebenjob, wo sie als Raumpflegerin in Bockhorn in einem Büro tätig ist, um das schmale Familienbudget aufzubessern.

Sie hatte gerade den Ortsausgang von dem kleinen Ort Neuenburg in Richtung Bockhorn verlassen, fuhr am Neuenburger Urwald-Hof vorbei in Richtung Bockhorn auf der B 437.

Ortsausfahrt in Richtung Bockhorn.

Sie hatte gerade ihre Geschwindigkeit, nach dem Ortsausgang, leicht erhöht gehabt und durchfuhr gerade eine leichte Rechtskurve, die dann in eine lange Gerade mündete.

Langgezogene Rechtskurve

In diesem Moment sah sie nur noch zwei Scheinwerfer, die voll aufgeblendet waren, und auf sie mit einer sehr hohen Geschwindigkeit zurasten.

Sie versuchte noch eine Vollbremsung und bremste ihren Wagen abrupt herunter.

Wurde aber von dem Falschfahrer an ihrer linken Fahrzeugseite berührt, bevor er wieder auf seine eigentliche Fahrspur wechselte.

Frau Müllerjahns verlor die Kontrolle über ihr Fahrzeug, welches nach rechts ausbrach, zunächst ein Verkehrsschild erfasste, bevor ein kräftiger Baum ihre Fahrt abrupt stoppte.

Es gab einen gewaltigen Knall, danach herrschte eine gespenstische Ruhe.

Während der Unfallverursacher weiterfuhr und sich mit einem anderen Boliden scheinbar ein Rennen lieferte, hielt ein Autofahrer an und kümmerte sich um das Unfallopfer, welches eingeklemmt in ihrem total zerstörten Wagen lag.
Jedoch kam für die Fahrerin jede Hilfe zu spät, obwohl der Notarzt und der Rettungsdienst sehr schnell vor Ort waren.

Auch die Polizeibeamten waren kurze Zeit später vor Ort und sperrten die Straße sofort in beiden Richtungen ab.

Zur gleichen Zeit fielen in Neuenburg einigen Zeugen auf, wie zwei schwere Boliden mit hoher Geschwindigkeit durch den Ort rasten. An der Kreuzung in Ortskern überfuhren sie mit laut aufheulenden Motoren, die für sie rote Ampel und donnerten weiter in Richtung Friedeburg. Ein Autofahrer, dessen Ampel gerade auf Grün ging, konnte gerade noch voll auf die Bremse treten, um einen weiteren Unfall zu vermeiden.

Aber leider war sein Hintermann nicht auf ein solches Manöver gefasst.

Er konnte nicht verstehen, weshalb sein Vordermann eine solche plötzliche Vollbremsung machte und fuhr ihm hinten auf sein Fahrzeug.

Wütend stieg er aus und fing an, ihn wütend zu beschimpfen. Als ihm ein Passant, der am Straßenrand stand und auf sein Grün wartete, ihm zurief:

„Mensch, der musste doch bremsen, weil zwei Idioten mit ihren schweren Boliden bei Rot über die Kreuzung gerast sind. Jetzt halten sie mal inne!"

Daraufhin schaute er ihm verdutzt an und blieb erst einmal wortlos stehen.

Währenddessen versuchten die Rettungskräfte die Frau aus ihrem Wrack zu bergen, was sich nicht ganz einfach gestaltete. In der Zwischenzeit traf auch ein Unfallexperte ein.

Man begann sofort damit alle Spuren zu sichern. Dabei wurden auch rote Lackspuren auf der linken Seite des verunglückten, blauem Fahrzeugs festgestellt und gesichert.

Nach den ersten Erkenntnissen, die der Experte aus den Spuren gewinnen konnte, kam er zu einem folgenden Fazit:

Alles deutete daraufhin, als wäre der verunglückten Frau ein Fahrzeug auf ihrer Spur entgegen gekommen und hat sie noch vorne links gestreift, bevor er wieder auf seine Fahrspur wechseln konnte. Vermutlich handelt es sich hier um ein schiefgegangenes Überholmanöver.

Sie wurde dabei von einem roten Fahrzeug touchiert, dabei verlor sie die Kontrolle über ihr Fahrzeug, streifte dabei das Verkehrsschild, welches am Straßenrand stand, bevor ihre Fahrt durch den massiven Baum endgültig beendet worden ist. Sie muss zwar noch versucht zu haben, ihr Fahrzeug abzubremsen, aber dazu war es schon zu spät. Die Bremsspur war deutlich zu sehen! Man fand auf der linken Seite ihres blauen Fahrzeuges rote Lackspuren

So wie es aussieht, muss er versucht haben, ein anderes Fahrzeug zu überholen, ohne einen Einblick auf den Gegenverkehr zu haben. Dabei kam es zu dem schweren Unfall.

Wenn man sieht, wo der Unfall passiert ist und auf welcher Seite er sich befand, so hatte er kaum einen Blick darauf, was ihm entgegen kam.

Also war er in einem völligen Blindflug unterwegs und dies mit einer sehr hohen Geschwindigkeit, so das die Fahrerin des blauen Clios keine Chance mehr hatte zu reagieren.

Diese Kurve wurde regelrecht im Blindflug genommen.

Noch über zwei Stunden blieb die B 437 gesperrt, bis auch die letzten Spuren gesichert und die Unfallstelle freigeräumt werden konnte.

In der Zwischenzeit hatten sich einige Zeugen gemeldet, nachdem es sich herum gesprochen hatte, welch schrecklichen Unfall es gegeben hatte. Gleichzeitig wurde auch der Unfall in Neuenburg gemeldet.

Zwei Polizeibeamte fuhren dort hin und nahmen den Unfall auf. Auch hier gab es einen Zeugen, der ihnen den Unfallhergang zu Protokoll gab.

Da man bei der Toten ihre Ausweispapiere gefunden hatte, konnte man auch ihren Wohnort schnell ausfindig machen.

Zwei Polizeibeamte machten sich auf dem Weg dorthin.

Sie klingelten an der Haustüre. Es machte die älteste Tochter auf. Etwas verdutzt öffnete sie die Haustüre und starrte die Beamten an.

Sie fragten:

„Ist dein Vater daheim?"

„Nein, er ist noch unterwegs! Müsste aber gleich hier sein."

„Ist etwas passiert?"

„Dürfen wir hereinkommen?"

Noch zögerte die Tochter, aber dann ließ sie die Beamten doch herein und führte sie ins Wohnzimmer und bot ihnen einen Platz an.

„Kannst du deinen Vater erreichen?"

„Ja!"

„Rufst du ihn bitte an!"

„Das kann ich machen!"

In der Zwischenzeit kamen noch ihr kleiner Bruder Peter und die kleine Schwester Charlotte herein und wunderten sich über den seltenen Besuch.

Ich habe meinen Vater gerade erreicht und reichte einem der Beamten das Telefon. Dieser ging aus dem Zimmer und sprach mit Herrn Müllerjahns.

Nachdem Herr Müllerjahns die schreckliche Nachricht von dem Polizeibeamten erfuhr, rief er sofort seine Mutter an, die nur drei Häuser weiter auf der gleichen Straße wohnte. Sie eilte sofort zu den Kindern. Die beiden Polizeibeamte hinterließen für den Vater eine Kontaktadresse, dann zogen sie sich wieder zurück.

Unterdessen stand der Herr Müllerjahns, der als Fachberater für Fenstersysteme tätig war und sich schon auf dem Heimweg befand, aber noch in einem Stau auf der BAB 29 bei Oldenburg stand, als er die schreckliche Nachricht übermittelt bekam.

Zum Glück stand er jetzt, denn im ersten Moment war er einfach nur geschockt, er brauchte einige Minuten, bis er wieder klar denken konnte. Dann ging es wieder ein kleines Stück im Stau weiter.

Er merkte wie seine Knien zitterten.

Konnte er so überhaupt noch bis nach Hause fahren. Er versuchte sich zusammenzureißen und dachte dabei an seine Kinder, die jetzt von ihrer Oma betreut wurden.

Wissen sie schon etwas?

Wie würden sie dies aufnehmen und verarbeiten können, dass ihre Mutter jetzt tot ist und nicht mehr zu ihnen kommen kann?

Das sie bei einem Unfall getötet worden ist.

Wie sollten sie das auch?

Er selbst konnte es ja kaum fassen, was da passiert ist. Viele Gedanken schwirrten in seinem Kopf herum, so auch die Frage:

Wie bringe ich dies meinen Kindern bei?

Wie werden sie das verkraften und verarbeiten können?

Wie geht es jetzt für mich weiter?

Was soll ich tun?

Wie werde ich mit diesem Schlag fertig?

Noch stand er still im Stau, aber so ganz langsam konnte man wieder rollen, was seine Aufmerksamkeit wieder mehr auf die Straße lenkte. Dennoch konnte er seine Tränen kaum zurückhalten. Nur mit Mühe konnte er sie verbergen. Zum Glück saß er allein in seinem Auto und musste sich nun wieder konzentrieren, da der Stau scheinbar begann, sich aufzulösen.

Er hatte jetzt nur noch ein Ziel, so schnell wie möglich nach Hause zu kommen, wo seine Kinder auf ihn warteten.

Eine halbe Stunde später fuhr er in die Hofeinfahrt seines Hauses hinein, stellte den Motor aus und stützte sich einen kurzen Moment auf sein Lenkrad ab. Er musste jetzt stark sein. Langsam und bedächtig stieg er aus dem Wagen und ging schweren Schrittes zur Haustüre.

Dort wartete seine Tochter Melanie schon auf ihn.

Als sie ihren Vater sah, lief sie ihm entgegen und fiel ihm weinend um den Hals. So standen sie eine Zeitlang beisammen.

Er fragte sie vorsichtig:

„Weiß du schon, was passiert ist?"

„Ich habe es so gerade mitbekommen."

„Ist das wahr, dass „Mami" bei einem Unfall getötet worden ist?"

„Das sie tot ist?"

„Ja, mein Kind. Aber mehr weiß ich auch noch nicht."

„Einer der Beamten hat mir eine Karte hinterlassen, da sollst du dich melden, wenn du nach Hause kommst!"

„Da werde ich auch gleich machen. Ich muss wissen, was da passiert ist."

„Okay."

„Aber was machen wir jetzt? Wo sind Peter und Charlotte?

„Sie sind bei der Oma."

„Gut, lass uns ins Haus gehen."

Der Vater setzte sich erst einmal völlig erschöpft auf die Couch im Wohnzimmer hin. Er fühlte sich leer.

Seine Tochter setzte sich schweigend zu ihm. Das Telefon klingelte.

Seine Tochter ging ran. Es war die Oma. Sie reichte das Telefon weiter an den Vater. Sie sprachen nur kurz miteinander und vereinbarten dabei, dass er jetzt erst einmal zur Polizeidienststelle fahren sollte, um mehr zu dem Unfall zu erfahren.

Melanie wollte mit ihm fahren. Die beiden anderen sollten noch bei seiner Mutter bleiben. Dies wäre kein Problem! Dann legten beide auf.

Anschließend rief er noch seine Schwiegereltern an, um sie ebenfalls zu informieren.

Sein Schwiegervater nahm das Gespräch an. Still hörte er, was ihm sein Schwiegersohn sagte. Man hörte nur noch ein leichtes Schluchzen und die fragende Stimme der Schwiegermutter

„Was denn sei?"

Dann fiel der Hörer hart auf die Gabel.

Einen Moment saß Klaus noch still auf der Couch, dann stand er auf, rief Melanie zu sich und die beiden machten sich auf den Weg nach Zetel, zum dortigen Polizeirevier.

Herr Mullert empfing die beiden und führte sie in einem Raum hinein. Dort nahmen sie Platz und Herr Mullert veranlasste, die sie etwas zu trinken bekamen.

Nachdem man die Personalien aufgenommen hatte, fragte Klaus Müllerjahns den Polizeiobermeister Herrn Mullert, wie es denn zu diesen schrecklichen Unfall kommen konnte.

„Herr Müllerjahns, erst einmal mein aufrichtiges Beileid an sie beiden.

Ja, dies war ein schrecklicher Unfall. Was man bisher aus den Spuren am Unfallort feststellen konnte, dann muss folgendes passiert sein.

Laut der Aussage des Unfallexperten und den gesicherten Spuren muss sich folgendes zugetragen haben:

„Ihre Frau war auf dem Weg in Richtung Bockhorn."

„Wissen sie, was ihre Frau dort wollte?"

„Ja, sie geht zweimal in der Woche am Abend in einer Praxis putzen. So auch an diesem Tag. Wie ging es dann weiter?"

„Soweit, was uns die bisherigen Erkenntnisse vermitteln, müssen zwei sehr schnelle Sportwagen aus Bockhorn kommend, sich scheinbar auf der B 437 ein Rennen geliefert haben.

Dabei muss, vermutlich ein rotes Fahrzeug, auf dem Fahrstreifen ihrer Frau gefahren sein und muss sie erst im letzten Moment gesehen haben. Dies war vor einer Kurve, die nicht gerade weit einsehbar ist.

Er zog seinen Wagen scharf nach rechts, berührte aber dabei noch den Wagen ihrer Frau auf der linken Seite. Hier konnten wir rote Lackspuren sicherstellen. Ihre Frau muss noch versucht haben ihren Waren mittels einer Vollbremsung zum Stehen zu bringen, was aber nicht mehr ganz klappte bzw. nicht mehr ausreichte, um eine Kollision zu vermeiden.

Sie muss durch den leichten Aufprall auf der linken Fahrerseite, den ihr der andere Fahrer, bei dem Versuch, ihr auszuweichen, um wieder auf seine Fahrspur zu kommen, verursacht hat, die Kontrolle über ihr Fahrzeug verloren haben.

Ihr Wagen wurde, trotz einer sofortigen Vollbremsung zunächst gegen ein Verkehrsschild, welches am Straßenrand stand, geschleudert und anschließend durch einen großen Baum abrupt gestoppt. Bei diesem schweren Aufprall wurde sie getötet. Ein Autofahrer hielt noch an, kümmerte sich um ihre Frau und verständigte noch den Rettungsdienst, der sehr schnell vor Ort war. Leider waren aber Bemühungen vergebens. Sie starb in seinen Armen."

„Dann war er ja auf der falschen Seite unterwegs?"

„Ja das ist richtig!"

„Der Autofahrer konnte uns noch den Hinweis geben, dass sich ein rotes Fahrzeug sehr schnell vom Ort des Geschehens davon machte."

Still und händchenhaltend saßen Vater und Tochter dort an dem Tisch und hörten fassungslos den Worten von POM Mullert zu.

„Herr Mullert, wo ist meine Frau jetzt?"

„Herr Müllerjahns, sie ist in der Gerichtsmedizin, um die genaue Todesursache festzustellen."

„Wann können wir sie sehen?"

„Lassen sie uns die Untersuchungen abschließen, dann werden wir sie natürlich sofort informieren."

„Vielleicht liegt dann auch schon der genaue Bericht von Unfallexperten vor. Diesen werden sie für die Versicherung brauchen."

„Wie lange wird das dauern?"

„Ich denke, in zwei Tagen könnten die Untersuchungen abgeschlossen sein."

„Gut Herr Mullert, dann möchten wir jetzt nach Hause fahren. Ist dies recht oder haben sie noch etwas?"

„Nein, Herr Müllerjahns, sie und ihre Tochter können jetzt nach Hause fahren. Wenn etwas ist, werde ich mich bei ihnen melden."

„Danke, Herr Mullert und tschüss."

„Tschüss Herr Müllerjahns und Melanie."

Nachdem die beiden die Dienststelle verlassen hatten, machte sich POM Mullert an die Arbeit, um alle Fakten und Aussagen zusammen zutragen und damit die Akte „Müllerjahns" zu füllen.

Gleichzeitig lagen die weiteren Zeugenaussagen vor.

Zwei Zeugen, ein Herr Holtermann und ein Herr Britten, die auf der Straße in Neuenburg in Richtung Ampel spazieren gingen und sich auf Höhe des Theaters bzw. der Tankstelle befanden, hörten und sahen die beiden schweren Boliden, wie sie durch den Ort rasten.

Sie mussten noch rund 100 bis 130 km/h drauf gehabt haben. Vor der leichten Rechtskurve in Höhe der Tankstelle mussten beide voll in die Bremsen steigen, da gerade eine ältere Dame die Straße überquerte.

Danach ging es mit Vollgas und laut aufheulenden Motoren weiter.

*Hier mussten beide Boliden
scharf abbremsen.*

Dann ging es weiter auf die
Kreuzung zu.

Die besagte Kreuzung.
Übrigens die einzige Kreuzung
in Neuenburg die durch eine
Ampelanlage geregelt wird.

Laut den Aussagen der Zeugen handelte es sich hier um einen roten Ferrari und einem silberfarbenen, vermutlichen, Maserati.

Der rote Wagen fuhr vorne weg.

Gleichzeitig die Aussage von dem Herrn Bitterschuh, der an der Ampel in Neuenburg stand, und den Auffahrunfall gesehen hatte und was dessen Auslöser war.

Hier seine Aussage:

„Also ich stand an der Ampel und wartete auf mein Grün, als ich ein schweres Auspuff-Grollen vernahm. Die Ampel schaltete gerade von grün auf gelb um, als die beiden Fahrzeuge, ein rotes und ein silbernes Fahrzeug auf die Kreuzung zu donnerten. Kurz vor der Kreuzung, die Ampel schaltet gerade von gelb auf rot um, gaben die beiden Fahrzeuge Vollgas, Qualm stieg auf und beide Fahrzeuge rasten über die Kreuzung. Die andere Seite hatte vermutlich schon Grün bekommen und der erste Wagen setzte sich in Bewegung. Im letzten Moment konnte er noch auf die Bremse steigen, um einen schweren Unfall zu vermeiden.

Sein Hintermann, der ja auch schon im Begriff war, mit seinem Wagen loszufahren, sah das Manöver seines Vordermanns zu spät und fuhr auf. Scheinbar hatte er den Vorfall mit den beiden Sportwagen nicht mitbekommen. Das war das, was ich mitbekommen habe."

Ein weiterer Zeuge, ein Herr Berrenhof, der am Ortsausgang von Neuenburg mit seinem Fahrrad dort in Richtung Friedeburg stand, um die Straßenseite zu wechseln, als er davon plötzlich abgehalten wurde. Er sah noch im letzten Augenblick, wie zwei schnelle Sportwagen an der dortigen Verkehrsinsel vorbei rasten, einer rechts, der andere links vorbei. Als sie das Ortsschild erreichten gaben sie Vollgas und zogen von dannen. Ich brauchte einige Minuten, um mich von dem Schrecken zu erholen. Auch er bestätigte die Farben der beiden Fahrzeuge, rot und silbern.

Der Ersthelfer, ein Herr Rottmann, konnte nur aussagen, dass er, als er die Landstr. befuhr in Richtung Neuenburg, in der Kurve vor Neuenburg, seinen Blick nach links schweifen ließ und dabei das Autowrack an dem Baum sah. Er bremste sofort und lief zur Unfallstelle, auf der andren Seite der Straße.

Auf dem Weg dahin rief er im gleichen Augenblick den Notarzt an. Es war schwer an die verletzte Frau in den Trümmern ihres Auto heran zu kommen. Mit Mühe konnte er eine Hand der Frau greifen und versuchte ihren Puls zu fühlen. Messbar war er nicht mehr. Sekunden später war auch der Notarzt zur Stelle.

Auch er versuchte an die Frau heranzukommen, aber das war kaum möglich. Einen Pulsschlag fühlte auch er nicht mehr.

Erst als die Feuerwehr eintraf, gelang es ihnen, mit deren Hilfe und Werkzeug, die Frau aus den Trümmern des Fahrzeuges zu befreien. Aber der Notarzt konnte nur noch ihren Tod feststellen.

Der Unfallexperte gab folgenden Bericht ab:

Die eigentliche Unfallursache war vermutlich ein Rennen zwischen zwei Sportwagen, wie es später auch die Zeugenaussagen ergaben.

Dabei muss einer der beiden Fahrzeuge, hier ein rotes Fahrzeug, die linke Spur benutzt haben, um seinen Konkurrenten zu überholen. Dabei kam ihm die verunglückte Frau mit ihrem blauen Renault Clio entgegen. Bei Versuchen war der Einblick in die linke Kurve, von Bockhorn kommend, dort vor der Unfall passierte, nur sehr kurz möglich.

Dabei ergab der Test, dass man ein entgegenkommendes Fahrzeug erst sehr spät sehen konnte.
Besonders bei einer sehr hohen Geschwindigkeit. Nach den Spuren war dies auch hier so.
Das rote Fahrzeug hatte die linke Seite benutzt und sah erst im letzten Augenblick den blauen Clio, der ihm entgegen kam.

Obwohl Frau Müllerjahns noch eine Vollbremsung einleitete, wurde sie vorne links von dem Sportwagen touchiert und die Fahrerin verlor die Kontrolle über ihr Fahrzeug. Zunächst kollidierte mit einem Straßenschild.

Danach mit dem Baum, der am Straßenrand stand. Dabei kam es zu einem schweren Aufprall, der den Clio völlig zerstörte und die Fahrerin bei dem harten Aufprall ihre tödlichen Verletzungen erlitt.

Laut den Zeugenaussagen fuhr der rote Wagen zuerst durch den Ort. Während der silberne Wagen ihm dicht folgte. Dies lässt auch eine kurze Bremsspur an der Unfallstelle vermuten, dass der silberne Wagen nach dem leichten Zusammenprall, des roten Wagens mit dem blauen Clio, kurz und scharf abbremsen musste, damit der rote Wagen wieder auf die rechte Spur zurück kommen konnte.

Soweit die Feststellungen von der Unfallstelle.

Zwei Tage später in der Gerichtsmedizin

Vater und Tochter Müllerjahns nehmen einen letzten Abschied von Marion Müllerjahns. Mit dabei war der Vater von Marion und seine Frau, sowie die Mutter von Herrn Müllerjahns. Es war für alle sehr schwer hier und auf diese Art und Weise Abschied zu nehmen. POM Mullert war ebenfalls anwesend.
Er gab ihnen die bisherigen Ergebnisse der Ermittlungen bekannt. Dabei erfuhren sie auch woran Marion gestorben war. Sie hatte bei dem doch sehr heftigen Aufprall einen Genickbruch erlitten.

Wieder Zuhause angekommen, gingen die beiden jungen Kinder zur Oma und die erklärte den beiden jüngeren Kinder, was geschehen ist. Für alle brach hier eine Welt zusammen, die sie so geliebt hatten.

Auch die Schwiegereltern kamen aus Varel nach Neuenburg. Alle waren fassungslos, was hier passiert war.

Der Opa Paul Schattjahn hatte zusammen mit den Kinder ein Kreuz gefertigt, was sie an der Unfallstelle aufstellen wollten.
Einen Tag später machten sich der Vater und die Kinder, Peter, Charlotte, Melanie, sowie seine Eltern Klara und Jürgen Müllerjahns, sowie seine Schwiegereltern Elfriede und Theo Schattjahn auf zur Unfallstelle und stellten das Kreuz auf.

Als Mahnung für alle Raser!

Peter legte noch eine Rose vor dem Kreuz für seine Mutter nieder.

Eine Woche später fand die Beerdigung auf dem Friedhof in Neuenburg statt.

Zahlreiche Freunde, Arbeitskollegen begleiteten Marion auf ihrem letzten Weg.

Jetzt musste Klaus mit seinen drei Kinder alleine zurecht kommen. Aber seine Mutter, obwohl auch schon an die 70 Jahre erklärte sich bereit, die Kinder tagsüber zu nehmen, damit sie einen gewohnten Rhythmus hatten.
Opa Jürgen wurde noch einmal zum Lehrer und half ihnen bei den Hausaufgaben. Opa Theo und Oma Elfriede kamen nun regelmäßig nach Neuenburg, um Klaus zu helfen, die Arbeiten rund um` s Haus zu machen und die Kinder zu beaufsichtigen. Denn Klaus musste ja auch noch die notwendigen „Brötchen" verdienen.

Eine gewisse Verbitterung lag in der Luft, zumal man die Verursacher bisher noch nicht ausmachen konnten.

POM Mullert ließ die Fahndung nach den Unfalltätern weiterhin auf Hochtouren laufen.

Dann kam ihm der Zufall zur Hilfe.

In Oldenburg fiel einer Polizeistreife ein silberfarbener Sportwagen auf, der viel zu schnell unterwegs war. Dabei fuhr er in einer geschlossener Ortschaft statt mit Tempo 50 mit weit über 120 km/h daher. Die Beamten nahmen die Verfolgung auf, konnten den Fahrer aber nicht mehr erreichen.
Sie brachen vorsichtshalber die Verfolgung ab. Aber sie hatten mit dem Handy eine Aufnahme gemacht. Vielleicht konnte dies den Beamten weiterhelfen.

Auf der Dienststelle versuchte man das Kennzeichen zu ermitteln, was aber recht schwierig war. Letztendlich und mit allerlei Tricks bekam man die Nummer heraus.

Ferner fand man auf der Rückseite des Wagens einen markanten Aufkleber.
Über das Straßenverkehrsamt kam man an den Besitzer und an die Fahrzeugdaten heran.

Das Auto gehörte einem Dr. Jürgen Karlsberg, von Beruf Anwalt. Er hatte auch einen Sohn Kevin, 19 Jahre alt, Student.

Die beiden Polizeibeamten Scheffel und Hall machten sich auf dem Weg nach Friedeburg, wo Herr Karlsberg residierte.

Ja fast ehrfürchtig betraten die beiden Beamten das große Grundstück, wo eine sehr große und auffällige Villa stand. Sie klingelten. Der Hausherr machte selber auf.

„Was wollen sie," herrschte er die beiden Beamten an.

„Wir sind die Polizeiobermeister der Polizeidienststelle Zetel, mein Name ist Hall und dies ist mein Kollege Herr Scheffel."

„Na und?"

„Fahren sie einen silberfarbenen Maserati mit dem Kennzeichen FRI-JK 100?"

„Unter anderem!"

„Wer fährt sonst noch mit dem Wagen?"

„Meine Frau oder mein Sohn! Warum wollen sie das wissen?"

„Wir haben zwei Vergehen zu bearbeiten, zum einem ein Verkehrsdelikt hinsichtlich einer Überschreitung der Geschwindigkeit um rund 70 km/h in Oldenburg und dann geht es noch um eine Fahrerflucht mit einer Unfallfolge und Personenschaden."

„Damit haben wir nichts zu tun!"

„Dann möchte ich sie bitten, sich morgen Vormittag auf unserer Dienststelle in Zetel einzufinden."

„Da habe ich keine Zeit."

„Gut, wenn sie das nicht wollen, dann werde ich sie durch das Gericht vorladen lassen."

„Tun sie das, wenn sie es nicht lassen können."

„Gut, dann bekommen sie eine Vorladung. Auf Wiedersehen!"

Dann flog die Tür ins Schloss. Wieder zurück, meldeten die Beamten den Vorfall Herrn POM Mullert. Der nahm es hin und veranlasste sofort eine gerichtliche Vorladung.

Herr Klaus Müllerjahns machte es doch schon zu schaffen, dass seine Frau nicht mehr an seiner Seite war.

Auch beruflich wurde es durch die Corona-Krise für ihn mittlerweile sehr eng, da er auf Provisionsbasis arbeitete.
Durch die Kontaktbeschränkungen sanken auch seine Umsätze gewaltig.

Langsam wurde es eng, zumal seine Frau ja auch etwas Geld zu den Familien – Finanzen beisteuerte, was aber jetzt durch den tödlichen Unfall wegfiel. Die Situation in der Firma wurde immer angespannter und er musste um seinen guten Job bangen. Was wäre, wenn er jetzt seinen Job verlieren würde?

Jetzt kam auch noch der zweite Lockdown hinzu, der die Lage weiter verschlimmerte. Jetzt galt es zu handeln.

Er meldete sich beim Gesundheitsamt in Oldenburg, wo sie händeringend nach Kräften suchten, in der Verfolgung der Infektionsketten.

Er hatte Glück und wurde angenommen.

Nach einer kurzen Einarbeitung war er hier ganz in seinem Element. Man wurde aufmerksam auf ihm und bot ihm einen Arbeitsplatz hier in der Behörde an. Er war gut dotiert, zwar nicht ganz so gut, wie er in Spitzenzeiten als Vertreter verdienen konnte, aber es war auskommend.

Er nahm die Stelle an.

Unterdessen wurde der Sohn Kevin von Herrn Karlsberg vorgeladen. Er kam gleich mit Vater und Anwalt. POM Mullert informierte seinen Vorgesetzten Herrn Polizeikommissar Grotius über den Fall und er sagte zu, die Verhandlungen zu führen.

Bevor das Gespräch erfolgen konnte erschien der Verleiher des Ferraris auf der Dienstwache, ein Herr Bojewski.

Als er von der Sache mit dem roten Ferrari hörte und las, schaute er sich seinen Wagen noch einmal genauer an.

Dabei stellte er fest, dass der Wagen auf der linken Seite Farb-Spuren hatte, die neu waren. Sollte dies jener Wagen sein, der in dem Unfall verwickelt war?

„Wo steht der Wagen jetzt?"

„Hier bei ihnen auf dem Hof."

„Dann lassen sie uns den mal eben schnell anschauen."

Beide gingen hinaus auf dem Hof und Herr Mullert schaute sich den Wagen genau an. Auch ihm kam die Stelle auf der linken Seite des Wagen verdächtig vor. Er veranlasste, dass der Wagen zur KTU ging, um mehr zu erfahren. Herr Bojewski war damit einverstanden. Wieder im Büro zurück, fragte Mullert:

„Herr Bojewski, haben sie auch den Namen des Fahrers, der sich das Fahrzeug ausgeliehen hatte?"

„Ja, ich habe alle Informationen mitgebracht. Hier sind sie. Ich habe alles niedergeschrieben, was ich wusste, einschließlich die Kopie des Passes."

„Das ist sehr gut!"

POM Mullert las den Zettel und notierte folgendes:

Richard Miller, geb. am 12.01.2000 in Friedeburg, wohnhaft in Wittmund. Er hatte sich das Fahrzeug am 2.11.2021, also drei Tage vor dem Unfall ausgeliehen. Er hinterlegte eine Kaution. Der Unfall passierte am 5.11.21! Er gab das Fahrzeug wieder am 7.11.20201 zurück. Ein Mitarbeiter nahm ihn wieder entgegen.

Eigenartige Begründung von Herrn Miller: Er wollte doch lieber ein deutsches Fahrzeug fahren bzw. sich zulegen. Einen Porsche Carrera!

Der Ferrari sei zwar super, aber doch etwas langsam, auch gegenüber einem Maserati.
Was meinen Mitarbeiter in ein gewisses Erstaunen versetzte!

„Herr Bojewski, ich danke ihnen für die Hinweise. Wenn der Wagen aus der KTU kommt, werden wir sie informieren. Ich werde einem Kollegen Bescheid sagen, damit er sie zurück bringt."

„Das ist gut Herr Mullert. Oh, dass darf ich nicht vergessen, sie brauchen ja noch die Papiere für den Wagen. Hier sind sie."

„Danke, Herr Bojewski, wir melden uns bei ihnen."

„Bis dann Herr Mullert."

Sofort machte Herr Mullert eine Meldung und legte die Information zu der Fallakte.

Gleichzeitig veranlasste er, dass man den Herrn Miller ausfindig machen sollte und ihn auf die Dienststelle bringen, mittels einer Anhörung.

In der Zwischenzeit hatte Herr Gortius das Gespräch mit den Herren Kevin Karlsberg, dem Vater und dem Anwalt Dr. Dr. Hornstill begonnen.

„Herr Karlsberg jun. Sie werden beschuldigt am 5.11.2020 mit dem silberfarbenen Maserati ihres Vaters, auf den B 437 zwischen Bockhorn und Neuenburg sich ein Rennen geliefert zu haben?"

„Mit einem roten Ferrari!"

„Wer hat gewonnen?"

„Ich meinte die Frage sehr ernst."

„Wie kommen sie auf den Schwachsinn?"

„Das ist kein Schwachsinn! Sondern eine harte Realität.

„Bei diesem illegalen Rennen kam es zu einem schweren Unfall mit einer Todesfolge:

Dabei wurde eine Mutter von drei Kindern in ihrem blauen Renault Clio, die auf dem Weg zur Arbeit war, durch ein waghalsiges Fahrmanöver des roten Ferraris gestreift, sie verlor dadurch die Kontrolle über ihr Fahrzeug und kollidierte mit einen Baum und verstarb in den Trümmern ihres Autos.
Da sie und der Fahrer des roten Ferraris daran beteiligt waren darüber gibt es keinen Zweifel, zumal sie mehrere Zeugen beobachtet haben. Gleichzeitig haben sie sich durch eine Unfallflucht dem Geschehen entzogen.

Mal abgesehen von der Geschwindigkeitsübertretung im Ort und einem weiteren Unfall, dessen Auslöser sie waren!"

„Herr Mullert kommen sie ruhig herein."

„Was sagen sie dazu, meine Herren?"

„Ich habe damit nichts zu tun."

„Wenn mein Mandat sagt: Er habe damit nichts zu tun, dann sollten sie ihm dies auch glauben."

„Ja, Herr Anwalt, dass würde ich ja gerne, aber dem widersprechen die Zeugenaussagen."

„Ich weiß nicht was diese gesehen haben wollen."

„Sehen sie Herr Anwalt, allein in Neuenburg haben vier, völlig unabhängige Zeugen.

Sie haben ihre völlig unabhängigen Aussagen gemacht, dass beide Fahrzeuge, ein roter Ferrari und ein silberfarbener Maserati mit sehr hoher Geschwindigkeit durch den Ort gerast sind.

Die ersten Zeugen standen auf Höhe der Tankstelle.

Der dritte Zeuge stand an der Ampel in Neuenburg, der hat beobachtet, wie die beiden Fahrzeuge bei Rot über die Ampel donnerten und dadurch in dem Gegenverkehr einen Auffahrunfall verursachten.
Ein Zeuge stand am Ortsausgang von Neuenburg in Richtung Friedeburg und er sagte folgendes aus:

Beide Fahrzeuge, ein rotes und ein silberfarbenes Fahrzeug kamen mit hoher Geschwindigkeit angerast, das rote Auto fuhr links an der Verkehrsinsel vorbei, das silberfarbene Auto rechts.

An dem Ortsschild gaben beide Vollgas und rasten auf beiden Spuren in Richtung Friedeburg!"

„Ich weiß nicht was sie wollen, mein Mandant ist doch völlig vorschriftsmäßig gefahren."

„Und die rote Ampel und der Auffahrunfall?"

„Von einer roten Ampel weiß ich nichts und wenn da auf der Gegenseite einer auffährt, dafür soll mein Mandant schuld sein? Das ich nicht lache!"

„Herr Karlsberg jun. Was sagen sie zu den Vorwürfen?"

„Du sagst nichts!"

„Okay, dann werden wir dies dann vor Gericht ausfechten müssen"

„Tun sie das, wenn sie Schiffbruch erleiden wollen."

„Das wollen wir sehen."

„Damit kann ich annehmen, dass sie kein Pulver mehr gegen meinen Mandanten haben und wir jetzt nach Hause gehen können."

„Sie können zwar jetzt nach Hause gehen, aber halten sie sich weiterhin zur unserer Verfügung."

„Na endlich, immer diese unnötigen Termine!"

„Herr Mullert, gibt es etwas Neues an Erkenntnissen?"

„Ja, Herr Grotius, wir wissen jetzt wer den roten Ferrari gefahren hat."

„Und wer ist es?"

„Der Verleiher kam gerade zu uns und nach dem er erfahren hatte, dass ein roter Ferrari gesucht wird.

Da hat er sich den ausgeliehenen Wagen einmal genauer angeschaut und festgestellt, dass man hier etwas daran gearbeitet hat.

Nicht sehr sauber, aber hier muss etwas gewesen sein. Den Wagen haben wir sofort zur KTU gebracht und versuchen Herrn Richard Miller auf die Wache zu bekommen.

Zwei Beamte sind unterwegs zu seinem Wohnsitz."

„Gut Herr Mullert, machen sie weiter so."

„Werde ich machen."

Kurze Zeit später kam der Bericht der KTU herein.

Man hatte zweifelsfrei Spuren einer blauen Farbe gefunden, sowie Glassplitter, die sich in der Stoßstange verfangen haben und von einem Renault Clio stammten.

Damit war erwiesen, dass dies der Wagen war, der hauptsächlich für den Unfall verantwortlich war.

Zwei Stunden später brachten die Beamten Richard Miller auf die Wache. Bei der Überprüfung stellte man fest, dass Richard Miller, auch „Richie" genannt, bei der Polizei kein Unbekannter war.

Er fiel schon durch zahlreiche Gewaltdelikte, Fahren ohne Führerschein, Fahrerflucht und als Drogendealer auf. Man führte ihn in den Verhörraum. Er machte einen etwas nervösen Eindruck.

Herr Mullert beobachtete ihn eine Weile, bevor er zu ihm ging.

„Herr Miller ist bin POM Mullert und will sie zu einigen Vorfällen befragen."

„Damit das mal klar ist, ich brauche ihnen gar nichts zu sagen.

Punkt aus. Damit sehe ich das Gespräch als beendet an."

„Sie wissen doch noch gar nicht, um was es hier geht? Oder?

„Wahrscheinlich mal wieder eine kleine Bagatelle!"

„Wenn Mord, Fahrerflucht in zwei Fällen, überhöhte Geschwindigkeit für sie Bagatellen sind?"

„ Sie spinnen ja!"

„Na ja, dann haben sie auch nichts dagegen, wenn wir sie in Untersuchungshaft nehmen.
Einen Haftschein hat die Staatsanwaltschaft schon für sie ausgestellt."

„Was soll das heißen, Mord, Fahrerflucht in zwei Fällen?

Ich glaube, ich spinne!

Das ist ja schon ungeheuerlich, was sie mir hier unterstellen wollen."

„Ich will ihnen weder etwas unterstellen, noch sonst etwas. Aber da sie ja nicht mit mir reden wollen, bleibt mir leider nur dieser Weg."

„Wissen sie was? Ohne meinen Anwalt sage ich sowieso nichts!"

„Dann bitte abführen!"

Nach einigen Monaten und einigen Unruhen im Umfeld des Unfallopfers beruhigte sich die Lage wieder und es kam zu einem Prozess.

Dieser fand am 21.04.23 in Oldenburg statt.

Der Prozess

Der Richter hob das junge Alter der beiden Angeklagten hervor und mit Aussicht einer sehr günstigen Sozialprognose, sah er von einem allzu harten Urteil ab, was die Anwälte auch sehr begrüßten.

Er verurteilte beide jungen Rasern jeweils zu einer geringen Geldstrafe von nur 800 €, zu stiften an eine gemeinnützige Stiftung. Damit wurde ein Schlussstrich unter eine Raser-Fahrt mit Todesfolge gezogen.

Die Angehörigen, die alle beim Prozess anwesend waren, konnten es nicht glauben, dass diese beiden Jugendlichen so billig davon kommen sollen.
Dabei haben sie drei, noch sehr jungen Kindern die Mutter genommen.

Völlig verärgert und frustriert verließen sie das Gerichtsgebäude.

Damit man einen besseren Überblick über das Geschehen bekommt, hier ein paar Informationen über die jetzt so oft genannten Orte Neuenburg und Friedeburg.

Zuerst etwas über Neuenburg.

Neuenburg ist ein Teil der Gemeinde Zetel. Beide Gemeindeteile gehören zu dem Landkreis Friesland. Dieser Bereich wird auch Friesische Wehde genannt.
Die Gemeinde Zetel hat auch einen kleinen, direkten Zugang zum Jadebusen. Zetel wird von den Städten Varel, Wilhelmshaven, Wittmund, Westerstede umschlossen.

Zetel ist an die Autobahn 29, Oldenburg – Wilhelmshaven, angeschlossen.
Neuenburg liegt zwischen Zetel (3 km) und Westerstede (15 km).

Im nördlichen Bereich des Gemeinde-Ortsteil Neuenburg wird sie durch die B 437 und mit der einzigen Ampelkreuzung durchschnitten.

Die B 437 führt von Varel nach Friedeburg.

Neuenburg wurde erst zum 1.7. 1972 eingemeindet in die Gemeinde Zetel und liegt in der Regel 11 m über NN.

Auch die Geschichte ist interessant. Bereits im Jahre 1462 erhob der Oldenburger Graf der Mutige Anspruch auf die Friesische Wehde und baute an der Grenze zu Ostfriesland die Burg Neuenburg.

Ende des 16. Jahrhundert wurde die Festung zu einem repräsentativen Wohnschloss umgebaut.

Heute befinden sich in dem Schloss ein Vogel-Kundiges Museum, ferner wird die Schlosskapelle durch die evangelisch-Lutherische Gemeinde genutzt. Der Trausaal ist auch zugleich der Sitzungsraum des Zeteler Gemeinderates.

Der 640 Hektar große Natur-Urwald ist ein Kernstück der Gemeinde.

Kleinere Gewerbegebiete umzu runden den Gemeindeteil Neuenburg ab, der ansonsten noch sehr landwirtschaftlich geprägt ist.

Ortsdurchfahrt durch Neuenburg in Richtung Westerstede

Friedeburg

Was kann man kurz über Friedeburg berichten?

Die Gemeinde Friedeburg gehört zum Landkreis Wittmund und dieser gehört zum Land Niedersachsen.

Friedeburg selbst liegt südlich von Wittmund, bestellt aus 12 kleineren Ortsteilen, liegt 5 m über NN und hat heute rund 10.150 Einwohner.

Friedeburg ist angeschlossen durch die B 437, die über Neuenburg, Bockhorn nach Varel führt und von dort aus weiter nach Brake geht. Die B 436 geht von Sande über Friedeburg nach Hesel. Eine Bahnverbindung gibt es nicht. Nach Wilhelmshaven beträgt die Entfernung rund 20 Km, während Oldenburg die doppelte Entfernung aufweist, wie auch der Weg zur Küste, wie zum Beispiel nach Carolingensiel.

Der Name Friedeburg kommt von der gleichnamigen Burg, die zum ersten Mal 1359 erwähnt und errichtet worden ist. Im 18. Jahrhundert wurde sie durch die Preußen geschleift.

Bis zu ihrer Zerstörung war sie die größte Festungsanlage in Ostfriesland.

Ihre Bedeutung erlangte die Gemeinde durch verschiedene Klöster und die günstige Lage am friesischen Heerweg zwischen Oldenburg und der Küste. Das älteste Kloster wurde bereits 983 erwähnt und stand in Reepsholt.

Heute kommt die nationale Bedeutung den dortigen Kavernen in dem Ortsteil Etzel zu, die einen wesentlichen Teil der Rohölreserven des Bundes lagern.

Eine weitere Besonderheit gibt es hier: Man kann von Amerika und Russland, zwei Ortsteile von Friedeburg, zu Fuß gehen.
Ansonsten war die Geschichte recht turbulent von Friedeburg.

Am Anfang gab es zahlreiche Häuptlinge, die die Geschicke der Gemeinde lenkten, später gaben sich die Grafen die Klinke in die Hände, bis zum Jahre 1744.

Dann übernahm Preußen die Herrschaft über diesen Landstrich. Dabei wurde auch die Burg geschliffen. Die Regentschaft dauerte bis zum ersten Weltkrieg. Danach folgte die Weimarer Republik und die Zeit des Nationalsozialismus.
Die Nachkriegszeit war geprägt durch Zuzug von Flüchtlingen und auch gleichzeitiger Abwanderung wegen Arbeitsplatzmangel.

Erst zum Ende der 60iger normalisierte sich dies und die Einwohnerzahlen gingen langsam, aber kontinuierlich auf dem heutigen Stand von rund 10..000 Einwohner.

Sehenswerte Gebäude sind die Kirche St. Marcus in Marx und die Mauritius-Kirche in Reepsholt.

In Friedeburg gibt es ein Modell der Burg, an der B 436 in Richtung Aurich.
Eines aber sollte nicht unerwähnt bleiben.

In Friedeburg gibt es eine Brennerei der Unternehmensgruppe H. Blume GmbH & Co. KG . In dieser Brennerei entstehen rund 70 verschiedene Brände. Gleichzeitig fertigt die Gruppe in einer Porzellanmanufaktur Teeservices.

Dem hohen Teeverbrauch in Ostfriesland sei Dank.

Drei Tage nach dem Urteilsspruch:

Am 24.4.2023 wurden die beiden Kommissare Schöne und Frau Junghans zu einem Tatort gerufen.

In einer Garage am Ortsrand von Friedeburg fand man die Leiche eines jungen Mannes, der augenscheinlich mit zwei Schüssen niedergestreckt worden war, vor seinem teuren Boliden, einem Porsche Carrera. Während die KTU noch mit der Sicherung der Spuren beschäftigt waren, fuhr ein Wagen durch die Polizeiabsperrung und stoppte kurz vor einem Beamten. Die Tür flog auf, der Mann rannte auf die Garage zu und konnte nur noch mit Mühe von drei Beamten gebändigt werden.

Kommissar Schöne ging auf ihn zu und schaute sich ihn lange an.

„Was haben sie hier zu suchen?"

„Ich will sehen, wer dort erschossen liegt."

„Sie können jetzt nicht dahin, da dies ein Tatort ist und wir müssen noch die Spuren sichern."

„Wer liegt denn dort?"

„Ein relativ junger Mann."

„Mein Sohn?"

„Dann sagen sie mir doch bitte einmal ihren Namen?"

„Ich bin Paul Miller."

„Herr Miller, warten sie bitte in dem Polizeiwagen. Ich werde gleich zu ihnen kommen."

„Was, sie wollen mich verhaften?"

„Davon ist keine Rede, aber ich brauche noch ihre Aussage!"

„Aussage?"

„Kommen sie bitte mit," sprach eine Polizeibeamtin zu ihm und führte ihm zum Auto hin.

In der Zwischenzeit hatte Frau Junghans erfahren, dass es sich hier um den Toten, um Richard Miller handelt, der der Polizei nicht ganz unbekannt ist. Neben Drogendelikte gab es auch Vorfälle mit Autos. Es gab allerdings nur eine Visitenkarte, die man bei dem Toten fand. Ausweispapiere hatte er nicht bei sich. Während Frau Junghans bei den Nachbarn nachfragte, ob man etwas gehört hätte. Aber die Ausbeute war gleich null.

Schöne ging zum Wagen, wo Herr Miller saß und forderte ihn auf mitzukommen. Er deckte den Toten, der unter einer Plane lag, kurz auf und ließ Herrn Miller einen Blick auf den Toten werfen.

„Kennen sie ihn?"

„Was für eine dämliche Frage, nach klar, dass ist mein Sohn Richard." Das war bestimmt der Müllerjahns, der meinen Sohn auf dem Gewissen hat. Dieses Schwein!" Den bringe ich um!"

„Moment mal Herr Miller, sie bringen hier keinen um, sondern sagen sie mir erst einmal worum es hier eigentlich geht."

„Herr Müllerjahns hat einen Prozess gegen uns verloren und Rache geschworen."

„Um was ging es in dem Prozess?"

„Belangloses Zeug, wie schnelles Fahren und ein kleines Rennen vor Neuenburg."

„Mehr nicht?"

„Nein! Mehr nicht!"

„Gut dann fahren sie jetzt nach Hause, beruhigen sie sich, es kann sein, dass ich sie noch einmal aufsuchen werde und jetzt lassen sie uns bitte unsere Arbeit machen."

Nur widerwillig verließ er den Platz.

Kaum waren sie im Büro zurück, erreichte sie eine zweite Meldung. Sie fuhren zu dem nächsten Tatort. Wieder war es eine Garage, wieder am Ortsrand von Friedeburg. Diesmal auf der anderen Seite des Ortes.

Vor dem Auto, einem silberfarbenen Maserati lag ein junger Mann , vielleicht knapp 20 Jahre alt. Ebenfalls mit zwei Schüssen niedergestreckt. Hier hatte man zum Glück Ausweispapiere gefunden. Sie lauteten auf dem Namen von Kevin Karlsberg.

„Frau Junghans, jetzt haben wir zwei Tote. Beide waren noch sehr jung.

Beide starben vor ihren Boliden. Beide sind vermutlich mit der gleichen Waffe erschossen worden. Welche Gemeinsamkeiten gibt es zwischen den beiden jungen Leuten?"

„Vielleicht habe ich hier die Antwort.

In dem Kalender des Handys von Kevin habe ich einen Eintrag gefunden, wo man sich an diesem Tag, wo dieser schreckliche Unfall passiert war und eine junge Frau zu Tode kam, gegen 18 Uhr auf der B 437 treffen wollte, um dort eine Revanche auszufahren."

„Was heißt Revanche ausfahren?"

„Ein Autorennen? Würde Sinn machen."

„Beide starben vor ihren Boliden, PS-starke Fahrzeuge. Erschossen, mit jeweils zwei Schüssen."

„Aber keiner der Anrainer hat einen Schuss vernommen!"

„Vielleicht hat der Täter oder die Täter einen Schalldämpfer benutzt?"

„Das wäre denkbar? Aber wer hätte ein Motiv?"

„Nach der Unfallakte, die mir Herr Mullert überreichte, waren beide damals, im November 2023, in einem Unfall verwickelt, bei dem eine junge Frau, die auf dem Weg zu ihrer Arbeit, tödlich verletzt wurde. Sie hieß Marion Müllerjahns. Hier habe ich noch eine Notiz. Es gab auch einen Gerichtsprozess, bei dem beide Raser nur zu einer Geldstrafe von 800 Euro verurteilt wurden."

„Recht wenig, bei der eine Frau getötet wurde, ein weiterer Unfall verursacht wurde, sowie mehrere Straßenverkehrsdelikte zu Grunde liegen."

„Das ist richtig Frau Junghans, hier könnte man ein Motiv vermuten!"

„Wen hätten sie da in Verdacht?"

„Als erstes käme der Herr Müllerjahns in Frage. Er hat seine Frau verloren und steht jetzt mit den drei Kinder allein da. Gleichzeitig musste er seinen Job aufgeben, um mehr bei den Kindern zu sein."

„Aber trauen sie ihm dies zu?"

„Eine sehr schwierige Frage, die auch ich kaum beantworten kann. Aber dieser Frage müssen wir nachgehen."

„Frau Junghans fahren sie doch mal zu den Eltern, teilen ihnen mit, dass man ihren Sohn erschossen aufgefunden hatte. Versuchen sie herauszubekommen, mit wem er Kontakt hatte, wenn es möglich wäre.

Ansonsten müssen wir einen neuen Termin machen."

„Das mache ich Herr Schöne. Ist ja nicht weit von hier."

„Okay, ich werde hier schauen, ob es noch weitere Hinweise gibt. Bis nachher im Büro."

„Okay, bis gleich."

Zwei Stunden später im Büro

„Frau Junghans, was konnten sie erreichen?"

„Es war schon eine sehr eisige Atmosphäre. Herr Karlsberg war sehr unfreundlich, nur mit Mühe konnte ich mir Einlass gewähren. Er hätte mich auch auf der Straße noch abgefertigt. Seine Frau, ebenfalls anwesend. und ich hatte das dumpfe Gefühl, dass sie gerade einen Trip hinter sich hatte. Die Todesnachricht haben beide richtig gefühlskalt aufgenommen. Keine Reaktion.

Ich wurde wieder aus dem Haus komplementiert und dann fiel hinter mir die Tür wuchtig ins Schloss."

„Gut, dann werden wir das anders machen."

„Ich glaube Herr Schöne, diese beiden Familien sind nicht ohne."

„Die eine Familie hat Geld ohne Ende, die andere will nicht zurückstehen. Bloß womit machen sie ihre Geschäfte? Darüber wissen wir bisher noch gar nichts."

Ich werde mich einmal darum kümmern."

„Das ist gut Frau Junghans, machen sie das."

„Herr Schöne, die bisherigen bekannten Ergebnisse aus der KTU bestätigen unsere Annahmen, dass der rote Ferrari der Verursacher und auf der falschen Seite unterwegs war und sich ein Rennen mit dem Maserati geliefert hat.

Die KTU hatte damals auch Farbrückstände gefunden!

In Blau, wie die von dem Wagen der Frau Müllerjahns.

Bei den beiden toten Jungen sind wir noch nicht viel weiter gekommen, nur die Tatsache, dass sie mit der gleichen Waffe erschossen worden sind.

Es muss sich hier um ein altes Modell handeln, was schon im 2. Weltkrieg bei den deutschen Truppen im Einsatz war.

Herr Miller jun, ist bei uns polizeibekannt, wegen verschiedener Delikte. Der junge Karlsberg lebt von dem Geld seiner Eltern. Über ihn ist soweit nichts bekannt.

Als die beiden Kommissare gerade ihr Büro verlassen wollte, klingelte das Telefon. Frau Junghans ging heran. Die Nachricht war schockierend. Sie musste sich erst einmal setzen, bevor sie etwas sagen konnte.

„Herr Schöne, ich glaube, unseren Feierabend müssen wir verschieben. Gerade hat uns Herr POM Mullert angerufen, dass man den Leichnam eines Mannes auf der Straße liegend gefunden hätte."

„Wo ist das passiert?

„Dort wo der Parkplatz ist, an dem Edeka-Markt in Neuenburg."

„Dann sollten wir dort sofort hinfahren"

Die beiden Kommissare machten sich auf den Weg, dort angekommen empfing sie schon Herr Mullert.

Auch die KTU war schon vor Ort. Nach den ersten Erkenntnissen handelt es sich um den Toten um Herrn Müllerjahns. Nach seinen Verletzungen sah es so aus, dass man ihn zunächst brutal zusammengeschlagen hat.

Danach hat man ihn einfach mit einem Auto, vermutlich mit einem SUV oder einem Pick up überfahren.

Eine Stunde später wurde er dort, auf der Straße liegend, von einem Radfahrer entdeckt, als er die Abkürzung über den Platz nehmen wollte.
Im Schein seiner Fahrradlampe sah er ihn auf der Straße liegen. Er habe dann sofort den Rettungsdienst und die Polizei informiert.

Der gesamte Bereich wurde weiträumig abgesperrt.

„Sollte es hier sich um einen Racheakt handeln?"

„Beide Väter, Herr Miller und Herr Karlsberg sprachen immer von dem einem und dem selben Täter, der ihre Söhne auf dem Gewissen hat.

„Hatte einer damit etwas zu tun?"

„Ausschließen können wir dies nicht. Denn beide haben ja entsprechende Drohungen ausgesprochen!"

„Aber glauben sie, dass es einer von den beiden war?"

„Das müssen wir herausfinden!"

Nach den ersten Sichtung der Spuren konnte man markante Reifenspuren sicherstellen, man sah, dass einige Verletzungen nicht von dem Unfall stammen konnten, sondern vorher dem Opfer zugefügt worden sein mussten.

Vermutlich kam Herr Müllerjahns gerade mit dem Bus von der Arbeit. Laut Fahrplan könnte dies der Bus um 19.30 h gewesen sein.

„Gut nehmen wir mal an, Herr Müllerjahns stieg aus dem Bus, der Bus fährt ab und Herr Müllerjahns steht noch kurz an der Haltestelle. Es ist ruhig zu dieser Zeit an jener Ecke.

Der Täter wartet mit einem Fahrzeug auf ihn. Also musste er wissen, wann Herr Müllerjahns nach Hause kommt."

„Herr Kommissar, wissen sie, ob Herrn Müllerjahns Raucher war?"

„Ja, ich habe ihn schon einmal rauchen gesehen. Warum fragen sie?"

„Wir haben hier eine Zigarette gefunden, die gerade angemacht worden ist und man hat vielleicht gerade ein oder zwei Züge gemacht."

„Einsammeln und auf die DNA untersuchen."

„Frau Junghans lassen sie mich fortfahren. Dies könnte also passen. Herr Müllerjahns steigt aus dem Bus, lässt ihn abfahren und zündet sich, gemäß seiner Gewohnheit, eine Zigarette an.

In diesem Moment, den er gar nicht mitbekommt, wird er brutal zusammengeschlagen. Er versucht noch zu flüchten und wird dann von dem Fahrzeug überrollt, von dem er seine tödlichen Verletzungen erhielt."

„Ja, Herr Schöne, so könnte sich dies abgespielt haben.
Vielleicht kann uns die KTU dies anhand der Spuren bestätigen. Aber ich frage mich auch, warum wurde Herr Müllerjahns getötet?"

„Rache wäre und könnte ein Motiv sein."

„Wir sollten seine Eltern aufsuchen."

„Ja, dass sollten wir machen."

Die beiden Kommissare machten sich auf dem Weg zum Haus seiner Eltern, wo auch die Kinder noch waren.

Sie warteten auf ihren Vater, denn er war schon längst überfällig.

Es kam zwar vor, dass er in diesen Zeiten Überstunden machen musste, aber wenn er sie machen musste, rief er immer seine Eltern an, damit sie Bescheid wussten. Aber heute blieb der Anruf aus! Und er kam nicht nach Hause. Man war schon in großer Sorge. Dann klingelte es.

Frau Müllerjahns machte vorsichtig die Türe auf. Sie erkannte den Kommissar. Schöne stellte seine Mitarbeiterin Frau Junghans vor.

„Frau Müllerjahns dürfen wir hereinkommen."

„Aber ja, Herr Kommissar. Ist etwas passiert? Kommen sie mit ins Wohnzimmer. Möchten sie etwas trinken?"

„Nein danke, Frau Müllerjahns, dass ist sehr nett von ihnen."

Im Wohnzimmer saß Herr Müllerjahns in seinem Sessel und las gerade in der Zeitung.

Er stand auf und begrüßte die beiden Kommissare. Er bot ihnen einen Platz auf der Couch an und fragte den Kommissar nach dem Grund seines Besuchs und seiner Kollegin."

„Herr und Frau Müllerjahns, wir sind hier, leider aus einem sehr traurigen Grund."

„Ist etwas mit Klaus passiert?"

„Ja, es ist etwas mit Klaus passiert."

„Wir stehen im Moment allerdings noch vor einem Rätsel."

„Was ist denn passiert?"

„Klaus kam gegen 19.30 h mit dem Bus in Neuenburg an. Ist dies die übliche Zeit, wo er nach Hause kommt?"

„Ja, er kam dann immer so gegen 19.40 Uhr nach Hause. Von der Bushaltestelle sind es rund 7-8 Minuten.
Klaus ging es immer langsamer an, da er sich noch immer eine Zigarette ansteckten wollte. Vor den Kindern wollte er ja nicht mehr rauchen. Aber war ist denn nun mit Klaus?"

„Was wir bisher wissen, wurde Klaus eben an dieser Haltestelle überfallen und brutal zusammengeschlagen. Aber diesen Überfall hätte er überlebt. Aber nicht das,denn was danach geschah!"

„Was war dann geschehen, kam es aus beiden Mündern gleichzeitig?"

„Dann wurde Klaus von einem Fahrzeug überfahren und dabei erlitt er tödliche Verletzungen."

Die Eltern sackten in sich zusammen. Keiner brachte ein Wort heraus. Man hörte ein leises Schluchzen.

Es wurde still in dem Wohnzimmer. Herr Müllerjahns fasste sich als erstes und sagte:

„Was soll jetzt mit den Kindern geschehen? Sie werden doch nicht in ein Kinderheim müssen?"

„Nein, die Kinder werden bei ihnen bleiben, dafür werden wir schon sorgen."

„Das wäre gut. Aber wie bringen wir den Kindern bei, dass jetzt auch der Vater tot ist? Ich bringe es nicht über das Herz, ihnen diese schreckliche Nachricht zu überbringen."

„Dies kann ich ihnen sehr wohl nachfühlen."

Plötzlich ging die Türe auf und die größere Tochter Melanie stand im Raum. Sie begrüßte den Kommissar und seine Kollegin. Kommissar Schöne bat sie, zu ihm zu kommen.

Sie setzte sich zwischen den beiden Kommissaren auf der Bank. Sie richtete ihren Blick auf Schöne und fragte ihn:

„Herr Kommissar Schöne ist etwas mit meinem Vater? Er müsste schon eigentlich längs zuhause sein. Aber noch ist er nicht da.

Wissen sie etwas über meinen Vater?"

Schöne schaute sie lange an und sagte dann mit einer ganz sanften Stimme:

„Liebe Melanie, du muss jetzt ganz stark sein."

Sie schaute ihn mit großen Augen an, aber brachte kein Wort heraus.

„Melanie, dein Vater wurde heute Abend an der Bushaltestelle in Neuenburg tot aufgefunden."

„Wie tot?"

„Wie aufgefunden?"

„So wie es bisher aussieht, wurde er Opfer eines Gewaltverbrechens."

„Wieso das?"

„Das wollen wir ja klären."

„Was wird denn jetzt aus uns?"

Müssen wir jetzt in ein Kinderheim?"

„Nein, wir werden dafür sorgen, das ihr bei euren Großeltern bleiben könnt."

„Das wäre schön."

Dann fing sie an zu weinen und Frau Junghans nahm sie in ihre Arme und tröstete sie. Nachdem sie sich etwas beruhigt hatte, fragte sie Frau Junghans:

„Werden sie denjenigen finden, der dafür verantwortlich ist?"

„Melanie, wir werden den Täter finden, dass verspreche ich dir."

„Wir werden alle Hebel in Bewegung setzen, um diesen Täter zu finden."

„Das wäre gut, Herr Kommissar."

„Leider müssen wir wieder zurück ins Büro, sollten sie Fragen haben oder sollte ihnen noch etwas einfallen, dann können sie uns über diese Nummer hier auf der Karte erreichen."

„Das machen wir, Herr Kommissar."

„Tschüss, bis auf dann."

„Tschüss, Herr Schöne, tschüss Frau Junghans."

Damit verließen die Kommissare das Wohnhaus und machten sie auf die Fahrt ins Büro. Auf der Fahrt gingen sie noch einmal die Fakten durch, die sie bisher hatten.

„Alles begann mit dem Unfall von Frau Müllerjahns. Auslöser war ein Rennen von vermutlich zwei Freunden, die die sich mit zwei PS-Starken Boliden auf der B 437 ein Rennen geliefert hatten. Dabei kam es zu dem Unfall mit Todesfolge.

Nach dem Gerichtsverfahren wurden die beiden Jugendlichen erschossen vor ihren Boliden aufgefunden. Beide wurden mit den gleichen Waffe getötet. Damit können wir von einem Täter ausgehen. Ich gehe mal davon aus, dass der Täter aus der Familie kommt."

„Glauben sie, es war der Ehemann Klaus Müllerjahns, der für die beiden Morde verantwortlich zeichnet?"

„Lassen wir diese Frage noch einen Moment offen stehen. Dann haben wir den brutalen Mord an Herrn Müllerjahns, am heutigen Abend.

Beide Familien, also Miller und Karlsberg, haben immer wieder behauptet, dass Herr Müllerjahns für den Tod beider Jungs verantwortlich sei, weil er nicht über den Tod seiner Frau hinweg gekommen sei. Und deshalb mussten die beiden Jungs sterben."

„Dies würde ja bedeuten, das wir es hier mit zwei Tätern zu tun haben?"

„Davon gehe ich aus. Aber wer hat die Morde an den Jungs begangen? Herr Müllerjahns selbst, seine Eltern oder gar seine Schwiegereltern?

Oder gar einer aus der näheren Verwandtschaft, den wir bisher noch nicht kennen?"

„Alle Möglichkeiten könnten zutreffend sein. Aber trauen sie den alten Herrschaften einen Mord zu?"

„Ich weiß es nicht?"

„Kommt damit nicht automatisch Herr Müllerjahns in den Fokus der Ermittlungen?"

„Nun, dies wird schwer nachzuweisen sein, aber auszuschließen wäre dies nicht. Zumindest zum jetzigen Zeitpunkt."

„Aber da wäre noch der Tod von unserem Hauptverdächtigen Herrn Müllerjahns, der, so wie es bisher aussieht, mit voller Absicht getötet worden ist. Hier kann man einen Racheakt nicht ausschließen."

„Das ist richtig, aber dann blieben auch nur die Mitglieder der Familie Miller und Karlsberg übrig.

Oder sie haben sich einen Auftragskiller besorgt, zumal die eine Familie nicht ganz unbekannt bei der Polizei ist."

„Ja, warum haben die immer darauf hingewiesen, dass sie den Herrn Müllerjahns für den Tod der beiden Jungs verantwortlich gemacht haben. Dies könnte auch ein Motiv sein."

„Ja, dass ist möglich. Was mir aber noch Sorgen macht, ist die Tatsache, wenn wir mit unserer Vermutung richtig liegen und die ersten beiden Morde wurden von einem der Familienmitglieder der Müllerjahns ausgeführt.

Dann könnte auch die Gefahr bestehen, dass eben jener Täter, den wir noch nicht haben, jetzt hergeht, um sich für den Mord an Klaus Müllerjahns zu rächen, einen weiteren Mord zu verüben.

Dann hätten wir es hier mit einer Kette von Racheakten zu tun."

„Wo sollen wir jetzt ansetzen?"

„Eine gute Frage. Wo sollen wir ansetzen? Nehmen wir an, wie haben mit unserer Vermutung recht, dann müssen wir die Tatwaffe in einem der drei Häuser der Familie Müllerjahns finden."

„Und wenn nicht?"

„Dann wird es kompliziert. Die Frage ist: Versuchen wir zuerst den Mord an den beiden Jungen aufzuklären oder den brutalen Mord an Klaus Müllerjahns."

„Vermutlich müssen wir beide Morde zu gleichen Zeit versuchen aufzuklären, um eine weitere Eskalation zu vermeiden."

„Frau Junghans, ich denke, wir gehen wie folgt vor.

Sie veranlassen schnellstens eine Hausdurchsuchung der drei Häuser von der Familie Müllerjahns. Mal sehen zu welchen Erkenntnissen wir kommen werden. Fordern sie daher eine Verstärkung aus Oldenburg an. Vielleicht kommt sogar Herr Kommissar Schulz dafür raus.

„Das mache ich."

„Ich werde mich, mit Herr POM Mullert auf der Suche nach dem SUV machen und Gespräche mit den Familien Miller und Karlsberg führen. Auch hier müssen wir sehen, zu welchen Ergebnisse wir kommen werden."

„Es ist schon spät geworden, Frau Junghans, lassen wir für heute es gut sein und begeben wir uns in den schon sehr späten Feierabend. Wir machen morgen früh weiter."

„Ist in Ordnung, Herr Schöne, dann bis morgen früh!"

„Aber nicht so früh.“

„Ich hab` s verstanden.“

Am anderen Morgen

Frau Junghans war schon im Büro und bereitete die Durchsuchung der drei Häuser vor. Sie stellte drei Gruppen zusammen. Gleichzeitig bestellte sie die Drohnen-Staffel. Als Termin wurde der nächste Tag, um 8 Uhr auserkoren.

Gegen 10 Uhr kam Schöne ins Büro, begrüßte seine Mitarbeiterin und sie stimmten sich kurz ab. Da klingelte es auch schon. Pünktlich war Herr POM Mullert vorgefahren und beide machten sich sogleich auf dem Weg nach Friedeburg.

Zuerst ging es zu dem Haus der Millers, die im westlichen Teil von Friedeburg wohnten.

Schöne wunderte sich, warum POM Mullert nicht vor dem Haus hielt.

Herr Mullert klärte den Kommissar auf und drückte ihm ein Tablet in die Hände.

Dann ging er zum Kofferraum des Wagens und holte eine Drohne hervor. Der Kommissar staunte nicht schlecht.

„Herr Schöne bitte ihren Blick auf das Tablet richten und wenn sie etwas genauer sehen wollen, sagen sie mir bitte Bescheid.

Wir observieren erst einmal die Lage, dann das Objekt von oben, damit wir schnell eine Übersicht bekommen."

Herr Mullert startete die Drohne, die fast lautlos flog, und ließ sie über das Grundstück kreisen. Schöne hatte sichtlichen Spaß daran und dirigierte Mullert mit seiner Drohne in die verschiedene Ecken, die ein gutes Versteck sein konnten. Besonders auffällig war ein kleines Treibhaus, welches abgedunkelt war. Dieses sollte man sich einmal etwas genauer anschauen.

Vorsorglich hatte Herr Schöne sich einen Durchsuchungsbefehl geben lassen.
Nach einer knappen Viertelstunde kam die Meldung bzw. das Zeichen herein, dass die Drohne neu geladen werden muss. Aber man brauchte auch nicht mehr zu sehen. Mullert verpackte die Drohne wieder ins Auto und beide gingen zu Fuß zum Haus der Millers.

Auf dem Weg dahin, fragte Schöne Mullert:

„Herr Mullert, wie kommen sie an einem solchen Ding heran?"

„Nun Herr Schöne, ich weiß nicht, ob sie das wissen, aber ich bin Mitglied im einem Modellbauclub für Flugzeuge. Ich habe schon zahlreiche Modelle selbst gebaut und lasse sie regelmäßig auch fliegen. Und irgendwann baute ich auch diese Drohne, allerdings mit einem Elektromotor.

Die Drohne hat den Vorteil damit sehr leise zu sein und kann ca. 15 Min. in der Luft bleiben.

Da ist der Benzintank bei den Flugzeugen meist schneller leer."

„Ja, ich hatte mich schon gewundert, dass diese Drohne so leise war, denn bei dem Mord an Herrn Müllerjahns hatte die KTU auch eine Drohne eingesetzt, aber die war ja noch lauter als ein Presslufthammer."

„Das stimmt, die Motoren arbeiten sehr angestrengt und auch die Rotorblätter machen schon einen gehörigen Krach. Durch den E-Antrieb und die besondere Stellung und Form meiner Blätter konnte ich den Lärm auf fast Null bringen."

„Tolle Leistung!"

„Danke Herr Schöne."

Dann standen sie vor dem Haus. Herr Mullert klingelte. Herr Miller sen. machte die Türe selbst auf.

„Guten Morgen Herr Miller, ich bin POM Mullert...“ und schon wurde er unterbrochen.

„Was soll der Quatsch? Ich kenne sie doch!“

„Das war nur der Höflichkeit geschuldet. Aber neben mir steht Herr Kommissar Schöne, der ihren Fall bearbeitet und gerne noch ein paar Fragen beantwortet hätte.“

„Muss das sein?“

„Ja, dass muss sein, Herr Miller,“ entgegnete ihm POM Mullert.

„Dann kommen sie mal rein.“

Bei Herren wurden in das Wohnzimmer geführt. Auch Frau Miller kam hinzu. Man nahm Platz.

„Herr Kommissar, was müssen sie denn noch wissen. Ich denke der Fall ist klar."

„Wie kommen sie darauf?"

„Der Idiot von Müllerjahns hat den Tod meines Sohnes auf dem Gewissen. Wer denn sonst?"

„Sehen sie Herr Miller, eben dies gibt uns zu denken."

„Wieso?"

„Schauen sie, ihr Sohn ist bei uns aktenkundig, wie dies so schön heißt. Sie sind auch bei uns kein unbeschriebenes Blatt."

„Aber das ist doch schon lange vorbei."

„Ich will es hoffen, für sie!"

„Hatte ihr Sohn Feinde?"

„Nein, nicht das ich wüsste.“

„Dieser Porsche Carrera, gehörte er ihrem Sohn?“

„Ja, warum fragen sie?“

„Nun, er war ja noch sehr jung und solch ein Auto kostet doch mit Sicherheit keine Kleinigkeit.“

„Er war halt sehr fleißig.“

„Was hat er denn gemacht?“

„Er machte Geschäfte aller Art. Dafür hatte er einen Riecher.“

"Womit hat er solch lukrative Geschäfte gemacht?“

„Nun, er hat mit Immobilien gehandelt, mit Bildern, mit Kunstgegenständen usw.. Aber alles legal!“

„Darf ich mal das Zimmer von ihrem Sohn sehen?"

„Hoffentlich haben sie einen Durchsuchungsbefehl?"

„Ja, den habe ich und den werde ich jetzt auch voll ausnutzen!"

„Aber?"

„Kein Aber."

„Einen Moment, es hat geklingelt, bevor sie anfangen wollen, warten sie bitte, ich möchte dabei sein," und ging zur Türe.

„Die Herren, die jetzt vor ihrer Tür stehen, gehören zu mir. Die können sie hereinlassen."

Völlig baff, ließ er die Herren herein und Schöne gab kurz ein paar knappe Befehle und schon legten sie los.

Herr Miller und seine Frau setzten sich auf die Couch im Wohnzimmer hin und wurden von einem Beamten bewacht.

„Wir, Herr Mullert und ich gehen mal um das Haus herum und schauen uns dort um. Kommen sie!"

Kommissar Schöne steuerte direkt auf dieses verdunkeltes Gewächshaus zu. Die Türe war mit einer massiven Kette verriegelt. Mullert wusste sich zu helfen und borgte sich bei der KTU einen Bolzenschneider. Er brachte auch gleich zwei weitere Mitarbeiter mit. Dann wurde die Kette mit dem Bolzenschneider durchtrennt und man öffnete die Türe.

Als man durch die Türe ging staunte man nicht schlecht. Man fand dort eine Cannabis-Plantage vom Feinsten vor. Über 40 Kg lagen schon zur Vorbereitung zum Verkauf bereit.

Damit war klar, womit der Junior und vielleicht auch der Senior ihr Geld verdient haben. In einem Schuppen auf dem Gelände standen noch zwei weitere Fahrzeuge, die kurz vor dem Oldtimer-Dasein standen. In beiden Garagen am Haus, stand der Porsche des Juniors und in der anderen ein Porsche Cayenne SUV. Dieser gehörte dem Senior.

War aber nicht das Werkzeug zum Mord an Herrn Müllerjahns.

„Herr Mullert, wir gehen wieder ins Haus hinein."

„Okay!"

Im Haus warteten immer noch die Eheleute Miller auf der Couch im Wohnzimmer, unter der Bewachung des Beamten.

„Herr Miller, was sagen sie zu der sehr schönen Plantage, die wir in ihrem Gartenhaus gefunden haben?"

„Was haben sie gefunden?"

„Eine Plantage."

„Ach, sie meinen die paar Salatpflanzen in dem Treibhaus?"

„Ja, die!"

„Ach ja, die hat mein Sohn gepflanzt.

„Wie oft haben sie denn schon davon Salat gemacht?"

„Also ich habe davon bisher noch nichts davon gesehen. Vermutlich dauert es noch etwas bis zur Ernte."

„Herr Schöne, dies haben wir hier im Keller gefunden."

„Zeigen sie mir dies mal her."

Herr Schöne nahm den Karton an sich, schlug den Deckel auf und sagte nur noch ganz leise:

„Oh, oh Herr Miller, dies wird teuer für sie."

„Das, das ist nicht von mir, stotterte er herum."

„Von ihrem Sohn, oder gar von ihrer Frau?"

„Also, von uns ist dies nicht.

Vermutlich von einem Freund meines Sohnes."

„So, dass soll ich ihnen glauben?"

„Ja, dass müssen mir schon glauben."

„Wissen, ich glaube nur das, was ich auch sehe und das was ich hier sehe, ist Cannabis, fertig abgepackt für den Verkauf. Eine Substanz die leider verboten ist und sie haben hier eine ganze Menge von dem Zeug im Gartenhaus und im Haus gehabt.

Dies allein bedeutet schon mindestens 3-4 Jahre Haft. Dann kommt noch ein Mord hinzu!"

„Was für einen Mord? Wovon reden sie?"

„Ich rede von dem Mord an Herrn Müllerjahns.

„Wie, Mord an Herrn Müllerjahns?"

„Ja er wurde ermordet aufgefunden!"

„Er wurde, als er aus dem Bus stieg und sich seine Zigarette anzündete, zuerst zusammengeschlagen und dann mit einem Auto tödlich überrollt."

„Aber Kommissar, sie glauben doch nicht etwa, dass mein Mann damit etwas zu tun haben soll?"

„Gnädige Frau, ich hoffe dies nicht.

Aber noch bin ich auf der Suche nach Beweisen.

Diese werde ich finden und dann kann ich ihnen sagen, ob ihr Mann damit etwas zu tun hat."

„Aber... aber... was soll jetzt werden?"

„Ihren Mann werden wir zunächst erst einmal mitnehmen, wegen des Verdachts des Drogenhandel wird er sich verantworten müssen. So oder so. Das andere wird sich dann zeigen."

„Herr Schöne, wir haben hier noch zahlreiche Papiere gefunden, was sollen wir damit tun?"

„Nehmen sie alles mit, ebenso Laptop, Handys und alles was uns dienlich sein kann."

„Lassen sie sich Zeit, drehen sie jeden Stein zweimal um, machen sie Fotos und bringen sie alle Sachen in mein Büro nach Esens."

„So Herr Mullert, wir fahren jetzt zu den Karlsbergs und schauen uns da mal um."

Vor dem Haus der Karlsbergs ließ Herr Mullert noch einmal seine Drohne umherfliegen, aber man konnte nichts außergewöhnliches feststellen.
Also konnte man hier mit ruhigen Gewissen an die Arbeit gehen.

Beide gingen zu dem Eingang und klingelten. Die Frau Karlsberg öffnete die Türe.

„Ja, was möchten sie?"

„Mein Name ist Kommissar Schöne und dies ist Herr POM Mullert. Wir haben noch ein paar Fragen zu dem Tod ihres Sohnes."

„Ist ihr Mann auch da?"

„Nein, mein Mann ist nicht da, aber kommen sie doch rein."
„Bitte nehmen sie hier im Wohnzimmer Platz. Kann ich ihnen etwas anbieten?"

„Nein danke, Frau Karlsberg."

„Was möchten sie denn wissen?"

„Nun, kannten sich die beiden Jungs?"

„Ja, sie sind gemeinsam zur Schule gegangen und haben die Leidenschaft zu schnellen Autos geteilt."

„Wie konnte sich ihr Sohn dieses Auto leisten?"

„Nun, mein Mann verdient sehr gut und ich habe einiges mit in die Ehe gebracht. Den Wagen teilen wir uns."

„Was wissen sie über den Sohn von Miller?

„Eigentlich nicht viel. Er macht zahlreiche Geschäfte.

Aber von welcher Art sie sind, dies entzieht sich leider meiner Kenntnis. Ich glaube mein Sohn hat hier und da, mit ihm, gemeinsame Geschäfte gemacht."

„Ich danke Ihnen Frau Karlsberg für ihre Zeit und für die Beantwortung meiner Fragen. Damit komme ich schon etwas weiter."

„Sind sie schon in den beiden Mordfällen weitergekommen?"

Dann klingelte das Telefon und Frau Karlsberg eilte zum Telefon. Auf einem Tisch lag ein Handy. Dort entdeckte Schöne einige Nummern, die er mit seinem Handy schnell abfotografierte und sie auf seinem Handy abspeicherte.

Es schien das Handy von Herrn Karlsberg zu sein, welches er wahrscheinlich vergessen hatte.
Dann kam Frau Karlsberg zurück und sagte:

„Das war der Bestatter, der mit mir die weiteren Formalitäten absprechen wollte. Aber wo waren wir stehengeblieben?"

„ Es ging um die Frage, ob wir schon weitergekommen sind bei den beiden Mordfällen.
Bisher noch nicht, wir sammeln fleißig Mosaiksteinchen und setzen diese zusammen, bis wir den Täter haben. Aber noch sind wir nicht so weit.
Zumal der Mord an Herrn Müllerjahns noch hinzukommt."

„Da ist ja eine ganz schreckliche Sache. Wer macht denn so etwas?"

„Das fragen wir uns auch. Aber auch diese Fragen werden wir klären."

„Frau Karlsberg, dies wäre es erst einmal, sollten wir noch Fragen haben, werden wir noch einmal auf sie zukommen."

„Kein Problem, Herr Kommissar und Herr Mullert."

„Dann bedanken wir uns und wünschen ihnen noch einen schönen Tag."

„Meine Herren auf Wiedersehen."

Auf dem Weg zum Auto schaute Schöne auf seine Uhr und sagte zu Mullert:

„Wir fahren jetzt noch schnell nach Zetel und Varel, zu meiner Kollegin, um zu sehen, wie es dort läuft."

„Kein Problem, dass können wir machen."

Durchsuchung von Frau Junghans in Zetel

Morgens um 8 Uhr stand der Trupp vor der Haustüre von Familie Müllerjahns Es dauerte lange bis geöffnet wurde. Völlig überrascht öffnete Herr Müllerjahns sen. selber die Türe. Bei dem Anblick der Leute vor seiner Türe herrschte er die Kommissarin an:

„Was wollen sie denn hier?"

„Ich habe hier eine gerichtliche Anordnung für eine Hausdurchsuchung."

„Was haben sie? Sie machen hier gar nichts – ohne meinen Anwalt. Ist ihnen das klar."

Er ging ins Haus, schlug die Türe zu und telefonierte, was auch Frau Junghans tat.

„Herr Schöne, ich stehe vor dem Haus von Herrn Müllerjahns sen. und komme nicht in das Haus hinein, da er dies nur in Verbindung mit seinem Anwalt zulassen will. Was soll ich tun?"

„Frau Junghans, ich bin schon auf dem Weg zu ihnen. Lassen sie die Leute das Grundstück von außen beobachten und starten sie die Aufklärungsdrohne, damit wir schon einmal erste Bilder vom Anwesen bekommen. Suchen sie auch mit der Drohne die Umgebung ab, vielleicht steht irgendwo das Tatfahrzeug. Ich bin in rund 10 Minuten da."

„Okay Herr Schöne, dass mache ich."

„Sollte er sich bei ihnen eine Beschwerde einlegen, dann sagen sie ihm, dass ich auf dem Weg zu ihm bin, um ihn wegen Mordverdachts festzunehmen ."

„Aber, Herr Schöne, wir wissen doch noch nicht wer der Täter ist."

„Das macht nichts. Hauptsache wir schaffen erst einmal eine Verunsicherung. Mal sehen, wie er darauf reagiert."

„Okay, dann bis gleich."

Kaum hatte sie das Gespräch beendet, da ging die Türe auf und er brüllte sie an:

„Habe ich ihnen nicht gesagt, dass sie hier verschwinden sollen. Unterlassen sie diese Spielchen mit der Drohne."

„Erstens Herr Müllerjahns habe ich eine Durchsuchung durchzuführen, die gerichtlich angeordnet wurde."

„Mein Sohn ist gerade getötet worden und sie wollen hier eine Durchsuchung durchführen?"

„Ja, es geht ja nicht nur um den Tod ihres Sohnes, sondern auch um den Tod der beiden Jungs von Karlsberg und Miller." Leider müssen wir alle Möglichkeiten in Betracht ziehen."

„Aber wieso kommen sie da zu uns?"

„Wie gesagt, wir ermitteln in allen Richtungen.
Zweitens habe ich nicht so viel Zeit, um auf ihren Rechtsbeistand zu warten, so das wir schon einmal mit den Durchsuchungen auf dem Außenbereich beginnen und drittens ist Kommissar Schöne auf dem Weg zu ihnen, um sie wegen Mordverdachts festzunehmen."

„Spinnen sie jetzt ganz?"

„Warum werden sie so nervös? Haben sie vielleicht doch etwas mit den beiden Morden zu tun? Dann sollten wir schon einmal damit beginnen. Denn Herr Schöne fackelt nicht lange."

Er drehte sich um und die Türe flog laut krachend ins Schloss. Keine drei Minuten später fuhr Schöne mit vier Mann vor, sprach kurz mit Frau Junghans und ließ sich den Stand der Dinge erläutern. Dann schellte er. Wütend machte Herr Müllerjahns auf. Bevor er ein Wort sagen konnte, wurde er von den drei Beamten verhaftet."

„Was soll das bedeuten?"

„Sie sind festgenommen, wegen dem dringenden Tatverdacht des Mordes an den Jungs von Karlsberg und Miller, gleichzeitig haben sie unsere Handlungen behindert, trotz einer gerichtlichen Anweisung. Abführen!"

Frau Junghans schaute etwas irritiert drein, aber fasste sich auch gleich wieder, denn mit einem solchen Vorgehen hatte sie von Herrn Schöne nicht erwartet. Aber sie war sich im Klaren, dass er schon seine Gründe dafür hatte.

„So Frau Junghans, jetzt können wir die Hausdurchsuchung machen und die machen wir sehr, sehr gründlich."

Dann ging das gesamte Team in das Haus und es wurde jeder Stein umgedreht, im wahrsten Sinne des Wortes.
Jedoch wurde man in den beiden Häusern der Müllerjahns nicht fündig.

Dann fuhr der Tross weiter nach Varel zu den Schattjahns den Schwiegereltern von Klaus Müllerjahns. Hier wurde man etwas freundlicher empfangen, aber auch mit einer gewissen Portion Misstrauen. Nachdem sich die Kommissare vorgestellt hatten, wurden sie ins Haus gelassen und konnten mit der Hausdurchsuchung beginnen.
Aber auch hier ergaben sich keine Anhaltspunkte. Auch eine Pistole wurde nicht gefunden.

Enttäuscht zog der gesamte Trupp wieder ab.

Eine kurze Information zu der Stadt Varel:

Varel – eine Stadt und selbstständige Gemeinde im Landkreis Friesland. Sie liegt direkt am Jadebusen, einer ca. 190 km² großen Bucht, mit Tiefen bis zu 18.5 m.
Am Ende des südlichen Engpasses liegen Wilhelmshaven und auf der gegenüberliegenden Seite Butjadingen. Die wichtigsten Städte sind eben Wilhelmshaven und Varel.

Der Jadebusen ist nicht nur die Fortsetzung des Flusses Jade, sondern auch ein Teil der Nordsee, was auch der Salzgehalt des Wassers bestätigt. Die Tide beträgt hier zwischen 3 und 4,5 m.

Die erdkundliche Geschichte des Jadebusen und der deutschen Bucht ist immer sehr wechselhaft gewesen und unterlag vielen Veränderungen.

Varel liegt 6 m über NN und erstreckt sich über eine Fläche von rund 113 km² und wird von rund 10.000 Einwohner bewohnt. Varel liegt im südlichen Bereich des Busens. Nördlich von Varel liegt die Stadt Wilhelmshaven. Im Osten wird Varel vom Landkreis der Wesermarsch begrenzt. Im Süden von den Gemeinden Rastede und Wiefelstede, im Westen von der Gemeinde Bockhorn.

Hier hat Varel eine gemeinsame Grenze mit einer, der einzigen, Gemeinde aus dem Landkreis Friesland.

Varel hat 21 Stadtteile, wobei der bekannteste Stadtteil Dangast ist.

Die Stadt Varel hat einen Anschluss an die BAB 29 Oldenburg – Wilhelmshaven, sowie einen Bahnanschluss zwischen den gleichen Städten. Von hier aus hat man auch Verbindungen nach Bremen und Osnabrück.

Urkundlich wurde Varel zum ersten Mal 1132 als „Meierhof Farle" erwähnt, in einem Schreiben des Papstes Kalikt II an das Rasteder Benediktinerkloster.

Mitte des 15. Jahrhunderts kam Varel in den Einflussbereich der Oldenburger Grafen.

Zwischen 1811 und 1813 kam dieser Landstrich kurz unter französischer Herrschaft, mit Sitz der gleichnamigen Marine.

Danach kam Varel wieder unter der Regentschaft der Oldenburger Grafen, die, bis die Preußen die Regentschaft übernahmen, bis zum ersten Weltkrieg dann anhielt. Nach dem 1. Weltkrieg hielt die Weimarer Republik Einzug bis 1929, danach wurde es unruhig durch wechselnde Parteien und Gruppierungen. Nach dem zweiten Weltkrieg stabilisierte sich langsam die Lage.

Besondere Museen in Varel sind das Heimatmuseum mit Mühle, das Spijöok und die Zollamt-Galerie am Vareler Hafen.
Weitere Sehenswürdigkeiten in Varel sind die Schlosskirche am gleichnamigen Platz, die fünfgeschossige Wind-Mühle von 1837, die mit 30 m Höhe eine der größten Mühlen in Deutschland ist, ebenso interessant ist der Wasserturm von 1913/14, der noch heute in Betrieb ist und die Stadt Varel aus dem eigenen Brunnen mit Wasser versorgt.

Weitere alte Gebäude sind der Bahnhof, das ehemalige Reederei-Gebäude, das Heimatmuseum, sowie die kleinste Kneipe Deutschlands „Up `n Prüfstand".

Ein besonderer Anziehungspunkt ist das Nordseebad Dangast.

Bekannt wurde dieses Bad durch zahlreiche Künstler, die hier lebten. Hier lebte auch der bekannte Maler Franz Radziwill, dem hier auch ein Museum gewidmet ist.

Varel verfügt über zahlreiche, weit im Land bekannte, Veranstaltungen.

Hervorzuheben sind da:

Der Beach-Handball-Cup und das Holi-Beach-Fest am Strand von Dangast.

In Varel selbst findet alljährlich das Frühlingsfest im April, die Spargel-Meile im Mai, der Töpfermarkt im August, der Kramer-Markt im September, der Pferde- und Fohlen-Markt, sowie das Herbstfest im Oktober und der Weihnachtsmarkt im November statt.

Die Wirtschaft wird in Varel von mittelständigen Firmen geprägt.

Jedoch gibt es auch hier zwei große Firmen, die hier ihren Sitz haben. Zum einen ist dies die Airbus-Tochter Premium – Aerotec und dem Zulieferer Deharde, die Zubehörteile für den Airbus fertigen. Zum anderen die Papier- und Kartonagen - Fabrik Varel GmbH.

Auch die Firma Bahlsen hat hier ihr zweitgrößtes Werk in Deutschland stehen. Am Vareler Hafen gibt es eine Verkaufsstelle der Firma Bahlsen.

Der Vareler Hafen ist auch eine Anlaufstelle für Hobby-Kapitäne, aber ist auch so einen Besuch wert.

Als man wieder im Büro zurück war, überprüfte Schöne sofort die Nummern, die er auf dem Handy dort gefunden hatte.

Dabei ergaben sich einige interessante Ansätze. Auf dem Handy fand man eine Nummer, die er dreimal vor dem Tatzeitpunkt angerufen hatte. Sofort ließ Schöne diese Nummer überprüfen.

Der Inhaber dieser Nummer war kein Unbekannter im Hause Oldenburg. Da die Anschrift sehr in der Nähe lag, machte sich Schöne auf dem Weg zu dieser Adresse. Er nahm Mullert mit seiner Drohne mit.

Schon auf dem Weg dahin ließ Mullert seine Drohne umherfliegen.

Und prompt fand er in einer Seitenstraße einen SUV, der als Tatfahrzeug in Frage kommen konnte.

Schöne rief drei Mann von der KTU herbei. Sie sollten sich sofort über das Fahrzeug hermachen. Sie, Herr Mullert und der Kommissar, gingen weiter zu der Adresse. Sie standen vor einem Mehrfamilienhaus. Er musste im ersten Stock wohnen. Herr Mullert ließ seine Drohne kreisen. In einer der Wohnungen im ersten Stock, wurde er fündig. Der Gesuchte vergnügte sich gerade mit einer Frau im Bett, so dass er die Drohne vor seinem Fenster nicht bemerkte.
Schöne hatte in der Zwischenzeit Verstärkung angefordert. Sie kam auch lautlos an. Vier Mann stiegen aus dem Bus, zückten ihre Waffen und man klingelte irgendwo, so das geöffnet wurde.

Auf die Frage, wer denn hier herein wollte, antwortete einer der Beamten: Hier ist der Paketdienst!"

Von oben kam dann:

„Ist in Ordnung."

Dann hörte man, wie die Tür leise ins Schloss fiel. Schöne und seine Männer bauten sich vor der Türe auf Mullert gab das Geschehen, was er über seine Drohne sah, direkt weiter an Schöne, gleichzeitig gaben die Mitarbeiter der KTU die erste Info an Schöne. Schöne gab den Befehl, den Wagen sicherzustellen und ihn bei der KTU einzustellen, zwecks weiterer Untersuchungen. Dies wurde sofort umgesetzt. Jetzt musste gehandelt werden.

Schöne wählte die Nummer, die ihnen ja bekannt war und sie hörten ein Handy in der Wohnung läuten.

Es dauerte eine ganze Weile bis der Gesuchte von seiner Freundin ließ und noch völlig schlaftrunken und geschafft zu seinem Handy schlich, welches in der Diele auf einem Schrank lag.
Kaum hatte er das Handy in der Hand, da klingelte es Sturm an seiner Wohnungstüre.

Noch völlig verdutzt legte er sein Handy beiseite und ging zur Tür und öffnete sie. Kaum hatte er sie sie geöffnet, sah er sich drei Beamten gegenüber und wurde festgesetzt. Seine Freundin kam leicht bekleidet hinzu und fragte völlig verstört:

„Was ist denn hier los?"

Schöne kam hinzu und fragte:

„Wer sind sie denn?"

„Sie stotterte: Ich bin, ich bin Caroline, Caroline Reibert und die Freundin von Peter."

„Und wer sind sie?"

„Ich bin Kommissar Schöne und ermittle in einem Mordfall."

„Und da kommen sie zu uns?"

„Ja, genau zu ihnen."

„Und warum, wenn ich fragen darf."

„Das werden sie gleich wissen, Frau Reibert."

„So und nun zu ihnen. Sie sind Peter Sonsbeck."

„Warum wollen sie das wissen?"

„Wissen, entweder beantworten sie meine Fragen jetzt und hier, oder wir reden auf dem Präsidium weiter."

„Ohne meinen Anwalt sage ich nichts."

„Gut, dann rufen sie ihren Anwalt an, aber sagen sie ihm, dass er dann nach Oldenburg ins Präsidium kommen soll." Ziehen sie sich bitte etwas an und sie fahren mit ihm schon einmal nach Oldenburg vor, ich komme dann sofort nach, wenn ich hier fertig bin."

„Und was geschieht mit mir, Herr Kommissar?

„Nun, sie geben uns ihre Anschrift an, ziehen sich an und fahren nach Hause"

Er rief seinen Anwalt an und als er ihm sagte, dass er nach Oldenburg kommen sollte, sagte er, dass er schon da sei. Verdutzt legte er auf.

Damit wusste Schöne wer sein Anwalt war. Na ja, dachte er bei sich, dass wird ein Aufwasch geben.

Dann durchsuchte er die Wohnung und fand ein Sparbuch, wo einen Tag nach dem Mord an Müllerjahns eine Summe von 10.000 Euro auf das Konto eingegangen ist.
Auf dem Handy wurde die drei geführten Gespräche ebenfalls gefunden. Damit hatte man eigentlich alles, was man brauchte.

Er rief Frau Junghans an:

„Frau Junghans, werfen sie einen besonderen Blick auf die Kontobewegungen zum Tatzeitpunkt.

Wir haben, dank der Drohne von Herr Mullert, den Wagen gefunden und auch den Fahrer des Fahrzeuges. Beide sind auf dem Weg nach Oldenburg. Wie sieht es bei ihnen aus?"

„Seine Frau kam gerade nach Hause. Sie war bei einer Freundin."

„Überprüfen sie das bitte gleich."

„Ich werde sie auf die Kontobewegungen ansprechen, vielleicht weiß sie ja etwas darüber."

„Gut machen sie das. Sollten sie nichts finden, dann gehen sie über die Bank, um die nötige Information zu erlangen. Wir treffen uns dann in Oldenburg."

„Okay."

„Ach noch etwas, fahren sie zur Schule von Melanie und fragen sie dort nach, ob sie schon einen Freund hat."

„Warum dies?"

„Ich habe da so ein ungutes Gefühl. Also versuchen sie, etwas zu erfahren und kommen sie so schnell wie es geht nach Oldenburg."

„Mache ich!"

Frau Junghans beendete die Durchsuchung bei den Müllerjahns und machte sich auf zu der Schule von Melanie.

Auch bei Schöne war die Durchsuchung bei Miller und Karlsberg zu Ende und der Tross machte sich auf dem Weg nach Oldenburg.
Auch die Durchsuchungen in Zetel und Varel konnten abgeschlossen werden.

In Oldenburg auf dem Präsidium

Dort angekommen lag auf seinem Schreibtisch eine Nachricht, wo die Familie Müllerjahns nachfragte, wann die Leiche von Klaus Müllerjahns freigegeben wird. Dann kam Schulz in das Büro von Schöne herein, sie begrüßten sich sehr herzlich und tauschten sich kurz aus.

„Herr Schöne haben wir ein paar Minuten Zeit, für eine Tasse Kaffee und ein paar Plätzchen?"

„Schulz, was für eine Frage? Dafür habe ich immer Zeit und Muße. Die dort jetzt in den Verhörräumen sitzen, können noch eine Zeitlang dort sitzen, denn wenn ich mit ihnen fertig bin, dann werden sie Zeit genug haben, um ihre Strafe abzusitzen."

„Was ist denn da passiert?"

„Es gab zunächst einen schweren Unfall mit Fahrerflucht und Todesfolge. Eine Mutter von drei Kinder starb bei dem Unfall, auf dem Weg zur Arbeit."

„Oh, wie schrecklich."

„Ja, aber das Drama geht weiter. Die beiden jugendlichen Fahrer in ihren schnellen Boliden wurden nach der Verurteilung durch das Gericht, nur zu einer geringen, ja fast lächerlichen Geldstrafe verurteilt. Beide fand man später erschossen vor ihren Boliden auf.
Zuerst habe ich angenommen, dass es der Mann der verunglückten Frau war. Aber er war es nicht.

Seine Eltern sind dazu nicht in der Lage gewesen. Die Schwiegereltern, beide an die 80, sind für solch eine Tat ebenfalls nicht in der Lage. Eine Durchsuchung nach der Waffe blieb allerdings ohne Erfolg.

Dann geschah der brutale Mord an dem Ehemann der verunglückten Frau."
Oh, da fällt mir gerade ein, dass ich ja noch den Vater von Herrn Müllerjahns hier sitzen habe. Da muss ich gleich sofort als erstes hin."

„In welcher Form geschah der Mord."

„Zuerst wurde, als er von der Arbeit kam und an der Bushaltestelle in Neuenburg ausstieg, sich dann noch eine Zigarette für den Weg nach Hause anzündete, plötzlich von hinten angegriffen und brutal niedergeschlagen. Er wollte flüchten und wurde dann von einem SUV überrollt, wobei er seine tödlichen Verletzungen erlitt.

Der SUV steht jetzt in der KTU."

„Moment, da kommt eine Nachricht aus der KTU. Hier Herr Schöne."

„Danke."

„Was steht drin?"

„Man hat Blutreste und Hautfetzen vom Opfer an der Achse feststellen können, damit ist es sicher, dass dieses Fahrzeug benutzt und Herrn Müllerjahns damit getötet worden ist."

„Dann haben sie ja ihren Täter."

„Das ist richtig. Aber wer hat die beiden Jugendlichen getötet?" Die Eltern kommen nicht in Frage. Die beiden Väter bzw. die Familien der beiden Jugendlichen auch nicht. Ob der, der den Herrn Müllerjahns getötet hat, auch die beiden Jungs ermordet hat?

„Kaum zu glauben."

„Eben, denn er hat 10.000 Euro erhalten, einen Tag nach dem Mord. Vermutlich von einem der Väter.

Aber dieser Punkt klärt sich auch gleich auf, wenn meine Kollegin kommt."

„Damit kann nur noch ein Dritter im Bunde hier eine Rolle spielen?"

„Aber wer?"

„Vielleicht kommen sie ja durch die Verhöre einen, entscheidenden Schritt weiter."

„Das will ich hoffen. Denn ich möchte nicht noch ein oder zwei weitere Tote haben."

„Moment, da kommt gerade ein Anruf von Frau Junghans rein. Frau Junghans, was haben sie erreichen können?"

„Ja, mmhm, ja, dann gehen sie dem sofort nach. Führen sie ein Gespräch mit ihm und durchsuchen das Haus bzw. das Zimmer des Jungen.

Den notwendigen gerichtlichen Bescheid bekommen sie sofort auf ihr Handy. Einen lieben Gruß von Kommissar Schulz. Sie machen das schon!

„Dank, an Herrn Schulz zurück."

„So, dann will ich mal loslegen."

„Ich glaube, da will einer schon unruhig werden."

„Den werde ich schon beruhigen."

„Dann mal bis später. Wenn sie Unterstützung brauchen, sagen sie mir nur Bescheid. Ich bin im Hause."

„Danke! Gut zu wissen."

Schöne sammelte noch einmal alle Fakten zusammen und machte sich auf den Weg in den ersten Verhörraum. Dort saß immer noch Herr Müllerjahns Senior. Sichtlich nervös.

„So, Herr Müllerjahns, was haben sie mir zu sagen? Warum haben sie so reagiert?"

„Wissen sie , Herr Kommissar, ich bin mit den Nerven am Ende. Zuerst wird meine Schwiegertochter getötet, dann auch noch mein Sohn. Können sie dies nicht verstehen?"

„Doch, ich kann sie sehr gut verstehen, aber ich habe auch noch zwel Morde aufzuklären."

„Die an den beiden Rasern?"

„Ja, genau die. Daher ist ihr Verhalten äußerst verdächtig meiner Kollegin vorgekommen.
Die Hausdurchsuchung musste sein, da uns immer noch die Tatwaffe fehlt." Gleichzeitig ist es ja nicht auszuschließen, dass die Morde reine Racheakte waren, da sie beide direkt nach dem Gerichtsurteil stattfanden."

„Ich verstehe ja, dass sie diese Tatsache nicht außer Acht lassen können!"

„Sehen sie und von daher war es halt auch notwendig, diesen Bereich zu überprüfen. Ich kann mir zwar nicht vorstellen, dass jemand aus ihrer Familie dazu fähig wäre, aber meine Erfahrung hat mir gelehrt, dass man nie, nie sagen soll. Es hat schon alles gegeben."

„Ja, sie müssen bzw. machen ja nur ihre Arbeit."

„Sie wollen doch auch, dass man den Mörder ihres Sohnes finden, um ihn einer gerechten Strafe zuzuführen. Dazu gehört auch leider die Aufklärung der beiden anderen Morde an den Jungs. Ich denke mal, dass diese mit dem Mord an ihrem Sohn in einer Verbindung stehen. In welcher Form, dass müssen wir noch herausfinden!"

„Bitte finden sie den Mörder meines Sohnes. Damit meine Seele ihren Frieden finden kann."

„Herr Müllerjahns, wir werden alles daransetzen, den oder die Täter zu finden. Aber sie sollten nun meiner Kollegin die Möglichkeit geben, ein Protokoll zu schreiben, damit ich sie von der Liste der Tatverdächtigen streichen kann."

„Das mache ich Herr Kommissar."

„Gut, sie wird gleich zu ihnen kommen, da ich noch einige andere Herrschaften hier habe, die ich verhören muss."

„Also Herr Müllerjahns, enttäuschen sie mich nicht."

„Keine Bange Herr Kommissar und noch einmal danke für ihr Verständnis."

Damit konnte sich Schöne auf den Weg in den zweiten Verhörraum machen und die dort wartenden Herren in Empfang nehmen,

Dort saßen der Anwalt und Herr Karlsberg. Beide waren recht ungehalten und versuchten Kommissar Schöne sofort einzuschüchtern. Damit kamen sie aber an den Falschen.

„So, meine Herren, sie hatten jetzt Zeit genug gehabt, um ihre Aussagen zu den Anklagen zu formulieren."

„Ich höre!"

„Welche Anklage?"

„Herr Karlsberg, sie stehen unter einer Beteiligung des Mordes an Herrn Müllerjahns unter Anklage."

„Wieso das?!

„Ich glaube, da haben sie sich etwas in der Adresse vertan, Herr Kommissar."

„Herr Anwalt, ich kann ihnen sagen, wie sich die ganze Geschichte zugetragen hat."

„Dann lassen sie mal hören. Da bin ich aber jetzt sehr gespannt."

„Hatten sie mit ihrem Mandanten darüber schon gesprochen?"

„Worüber,? Über den Mordvorwurf."

„Nein."

„Das hätten sie mal lieber tun sollen."

„Warum?

„Nun, ihr zweiter Klient sitzt ja im Nebenraum und steht ebenfalls unter Mordanklage."

„Vielleicht kennen sich ja ihre beiden Mandanten?"

„Das glaube ich nicht?"

„Wir werden sehen."

„Ich sage hier und heute nichts mehr, auf Anraten meines Anwaltes."

„Herr Karlsberg, dass ist für sie ganz schlecht, sie können sich dumm stellen, was ihnen aber nicht helfen wird, da die Beweise, die wir mittlerweile haben, zu erdrückend sind und für eine Anklage völlig ausreichend sind. Sie gehen so oder so heute nicht mehr nach Hause."

„Sie können mich hier nicht festhalten!"

„Darf ich einen Moment kurz stören?"

„Kein Problem Herr Schulz. Was haben sie?"

„Ich habe hier den Haftbefehl für Herrn Karlsberg."

„Gut, dann brauche ich ja gar nicht mehr weitermachen. Dann ist die Sache ja klar."

„Herr Karlsberg, ich kann ihnen nur raten, jetzt und hier einen reinen Tisch zu machen, was sich vielleicht strafmildernd auswirken kann.

„Moment mal, Herr Schöne, wie kommen sie dazu, meinen Mandanten wegen Mordes anzuklagen, dass möchte ich jetzt von ihnen wissen."

„Nun, hat ihnen Herr Karlsberg dies nicht gesagt?"

„Was sollte er mir sagen?"

„Na die Wahrheit, was sonst!"

„Aber so einfach geht das doch nicht?"

„Passen sie auf, ich gebe ihnen eine halbe Stunde Zeit, sich mit ihrem Mandanten auszutauschen und vielleicht ist er dann bereit, eine Aussage zu machen.

Ich lasse sie jetzt allein, nutzen sie ihre Zeit gut, denn ihr Mandant wird sie brauchen."

Schöne verließ den Verhörraum und ging in sein Büro. Dort erledigte Frau Junghans ihre letzten Gespräche mit der Bank und bekam nun endlich die gewünschte Auskunft.

Schöne ließ Schulz zu Herrn Müllerjahns gehen, um das Protokoll zu fertigen, um dann Herrn Müllerjahns zu entlassen.

Frau Junghans brauchte er jetzt für das nächste Verhör.

Beide gingen nun in den Verhörraum 3, wo der zweite Festgenommene saß.

„Darf ich mich ihnen vorstellen?"

„Wenn es unbedingt sein muss."

„Also ich bin Kommissar Schöne und dies ist meine Kollegin Frau Kommissarin Junghans."

„Schön und was habe ich davon?"

„Es wäre schön, wenn sie mir ihren Namen nennen würden."

„Wie komme ich dazu?"

„Gut, brauchen sie auch nicht.

Ich habe auch so alle Daten hier in der Akte stehen. Sie sind Peter Sonsbeck, 28 Jahre alt, wohnhaft in Friedeburg, der Polizei bestens bekannt, wegen Fahrens ohne Führerschein, Körperverletzung, Drogenhandel und der Zuhälterei. Jetzt kommt noch ein Delikt hinzu."

„Was wollen sie mir nun anhängen?"

„Wir wollen ihnen weder etwas anhängen noch sonst etwas, sondern sie anklagen, wegen des hinterhältigen Mordes an Klaus Müllerjahns in Neuenburg."

„Sie ticken wohl nicht recht?"

„Beruhigen sie sich doch. Sie sollten uns lieber unsere Fragen beantworten. Ein Geständnis wäre auch nicht schlecht. Dies könnte sich vielleicht Strafmildern auswirken."

„Von mir bekommen sie keine Antwort."

„Gut, dass ist auch nicht nötig, dann erzähle ich es ihnen, wie sich die ganze Sache zugetragen hat. Sollte ein Detail nicht stimmen, so können sie mich ja korrigieren."

„Ich stelle mir dies so vor:

Durch ihre Drogengeschäfte kannten sie Junior Miller und auch Karlsberg junior. Auch der Senior verkehrten des öfteren in ihren Bars und hatten auch den zahlreichen Genuss von ihren Damen genutzt.

Als der Sohn von Karlsberg, wie auch der von Miller, erschossen aufgefunden worden, trat Herr Karlsberg Senior an sie heran und bat um einen Gefallen, der ihnen 10.000 Euro einbringen sollte.
Dieses Geld konnten sie gut gebrauchen, gerade jetzt in dieser Zeit, wo ihr Geschäft geschlossen bleiben musste, wegen Corona, dass war die passende Gelegenheit, um ihre Kasse aufzubessern.

Wie wir aber heraus gefunden haben, arbeiteten ihre Damen munter weiter, für ihre betuchte Kundschaft, trotz des verhängten Kontaktverbotes.

Dennoch kamen ihnen die 10.000 Euro sehr gelegen. Ihre zahlreichen Freundinnen kosten halt viel Geld.

Sie bekamen den Auftrag von Herrn Karlsberg, den Klaus Müllerjahns zu eliminieren. Sie lauerten ihm auf und passten ihm an jenem Tattag an der Haltestelle ab.

Durch eine Beobachtung oder durch eine Information wussten sie, dass wenn er aus dem Bus steigt, immer noch einen Augenblick dort stehen blieb, bis der Bus abgefahren war, um sich in aller Ruhe eine Zigarette anzuzünden. Das war ihre Chance."

„Man, was erzählen sie da für ein Märchen."

„Herr Sonsbeck, dass ist kein Märchen, Herr Schöne und ich, wir haben Beweise und können ihnen nachweisen, dass sie der Täter waren."

„Man, was ist das für eine perverse Idee von ihnen, Frau Kommissarin."

„Nein, sie ist weder pervers noch ein Märchen. Aber lassen sie mich weiter erzählen.

„Man bringen sie Fakten, Fakten und nicht ein solches Geschwätz."

„Nein, sie werden sich das jetzt weiter anhören. An jenem Tatabend, Herr Müllerjahns stieg gerade aus dem Bus und steckte sich, wie immer, eine Zigarette an, da fuhren sie vor, stiegen aus ihrem Auto und prügelten, wie wild auf Herrn Müllerjahns ein, der sich allerdings energisch wehrte und sich von ihnen losreißen konnte. Er wollte über die Straße weglaufen.

Sie sprangen in ihren Wagen, gaben Gas und überfuhren in kaltblütig. Danach ließen ihn einfach liegen und sterben.

Ein späterer Radfahrer, der noch unterwegs war, fand ihn, allerdings war er da schon tot. Durch einen Zufall kamen wir ihrem Fahrzeug auf die Spur.

Der Rest war dann einfach.

Da sie ja mehr als polizeibekannt sind, hatten wir natürlich auch ihre Fingerabdrücke.

Diese fanden wir an dem Schlagrohr, welches sie, zum Glück für uns, an der Stelle, wo der Angriff stattfand, liegen ließen, da sie, weil Herr Müllerjahns fliehen konnte, ihn mit ihrem Wagen überfahren mussten, um ihn zum Schweigen zu bringen. Nachdem sie ihn überfahren hatten, waren sie gezwungen den Tatort schnellst möglich zu verlassen, da ihr Fahrzeug ja recht auffällig ist. Dabei ließen sie ihr Schlagrohr einfach liegen. Dies brachte uns auf ihre Spur.

Als wir dann auch den den Wagen ausfindig machen konnten, war alles gelaufen.

Bei der nun abgeschlossenen Untersuchung in der KTU konnten wir folgende Fakten feststellen:

Hierbei haben wir an ihrem Wagen, Blut- und Hautreste von Herrn Müllerjahns an ihrer Vorderachse gefunden, sowie weitere Spuren an der HInterachse. Gleichzeitig wurden ihre Fingerabdrücke an der Kleidung von Herrn Müllerjahns sichergestellt. Einen Tag später erhielten sie von Herrn Karlsberg die 10.000 Euro auf ihr Konto."

„Damit hat ihnen die Kommissarin Frau Junghans den Fall doch sehr genau beschrieben. Mehr an Beweisen kann man nicht erwarten."

„Oder?"

„Aber, dass Schlimme daran ist, dass Herr Müllerjahns nichts mit den Tod der beiden Jünglinge zu tun hatte."

„Aber... Herr Karlsberg hatte mir gesagt...?"

„Ich weiß, was er ihnen gesagt hat, dass Herr Müllerjahns für den Tod der beiden Freunde verantwortlich sei und man ihn auslöschen muss. Sie kannten die beiden ja auch sehr gut. Also ließen sie sich dazu hinreißen und begingen den Mord."

„Das nächste traurige daran ist, dass Herr Karlsberg ihnen allein die Schuld gibt und er nichts damit zu tun haben will."

„Dies würde bedeuten, dass sie, nur sie allein, dafür die Verantwortung tragen und dafür lebenslänglich in den Bau wandern, während der Anstifter straffrei ausgeht."

„Wollen sie das?"

„Jetzt überlegen sie mal. „

„Sie sitzen im Knast, die 10.000 Euro sind beschlagnahmt und einer freut sich diebisch, dass er so einen Dummen gefunden hat, der für ihn sitzen darf.“

„Das ist doch eine Lüge, eine unverschämte Lüge.“

„Herr Sonsbeck, sie sollten ein Geständnis machen, seien sie nicht so dumm, dass ihnen ein anderer eine Falle stellt, aus der sie nicht mehr heraus kommen. Ich rate ihnen dringend, machen sie reinen Tisch!“

Herr Sonsbeck saß eine Weile regungslos auf seinen Stuhl, seine Hände waren eiskalt, seine Gedanken fuhren Achterbahn. Sollte der Kommissar recht haben, dass ich nur das billige Werkzeug von Herrn Karlsberg war und nun alleine für die Tat büßen soll?“

Was sollte er tun?

Sagen wie es richtig war?

Oder war dies nur eine Finte des Kommissars?

Was ist, wenn der Kommissar Recht hat?

Welche Beweise hat er in der Hand?

Er weiß, dass auf dem Schlagrohr, welches ich in der Aufregung mit meinen Fingerabdrücken versehen liegengelassen habe, da mein Opfer fliehen wollte.

Dann der Nachweis zum Eingang der 10.000 Euro von Karlsberg auf meinem Konto.

Was soll ich nun machen. Er saß noch eine Weile still auf seinem Stuhle und man sah, wie er angestrengt nachdachte.

Schöne beobachtete ihn ganz genau und meinte schließlich:

„Na Herr Sonsbeck, haben sie es sich überlegt?"

„Okay, sie beide haben ja recht. Herr Karlsberg hat mich dafür bezahlt, dass ich Herrn Müllerjahns töten sollte, da er seinen Sohn und seinen Kumpel auf dem Gewissen hat., die ich ja auch beide kannte.
Er hätte Ihn umgebracht, weil er bei dem Rennen dabei war, wo seine geliebte Frau starb. Wie auch den Sohn von Herrn Miller Senior.

Da war mir klar, dass ich hier helfen musste. Zumal er mir auch noch 10.000 Euro anbot, die ich gut gebrauchen konnte."

„Sehen sie Herr Sonsbeck, ich habe hier eine Aufnahme mit meinem Handy gemacht, wo Herr Karlsberg ganz klar sagt:

Er habe nichts mit dem Mord an Müllerjahns zu tun und das er sie nicht kennen würde. Er käme nie auf einen solchen abstrusen Gedanken!"

„Das stimmt doch gar nicht!"

„Ja, damit will er sie zum Schafott führen, damit er als „Saubermann" dasteht. Warum wollen sie ihn schonen? Sie wissen doch auch, dass er verheiratet ist?"

„Ja."

„Und sie haben ihn mit ihren Damen versorgt?"

„Ja."

„Was glauben, was seine Frau dazu sagen würde?"

„Die..., die würde ihn killen!"

„Das denke ich auch."

„Ja.“

„Also Herr Sonsbeck, sollen wir uns nicht zusammensetzen, um ihr Geständnis zu formulieren?“

„Wenn das so ist, dann habe ich ja keine Chance mehr weiter zu leugnen.“

„So ist das. Herr Kommissar Schulz wird ihr Geständnis aufnehmen.“

„Eine Frage habe ich noch an sie, Herr Kommissar:

Woher wussten sie den Ablauf dieses Geschehens?

Denn ihre Geschichte stimmt fast haargenau.“

„Gut Herr Sonsbeck, ich habe hier eins und eins zusammengezählt.

Diese habe ich ergänzt mit den Fakten, die wir gesammelt haben und dann kommt noch meine lange Berufserfahrung dazu, wo ich ja unzählige Verbrechen aufklären konnte.

Im Grunde gleichen sich viele Abläufe immer wieder und so braucht man nur die neuen Erkenntnisse hinzu zu führen und man bekommt ein Bild des Täters. Dabei hilft uns natürlich auch die moderne Technik bei unserer Arbeit. So wie bei der Auffindung ihres Wagens, mittels einer Drohne.

Vermutlich hätten wir ihn so nicht gefunden, oder nur mit einem sehr hohen Aufwand.

„Also Herr Sonsbeck kommen sie mit mir, wir nehmen jetzt das Protokoll auf."

„Ja, Herr Kommissar Schulz."

„Schulz, wenn sie es fertig haben, bringen sie es mir in den Verhörraum 2, wo wir jetzt weiter machen."

„Mach` ich Herr Schöne."

„So Frau Junghans, auf in den zweiten Kampf. Haben wir schon etwas von dem Freund von Melanie gehört."

„Nein bisher hat sich Herr Mullert noch nicht gemeldet."

Okay, dann machen wir hier weiter."

„So Herr Anwalt, Herr Karlsberg, haben sie sich ausgesprochen?"

„Ich weiß bisher immer noch nicht, wieso sie Herrn Karlsberg des Mordes verdächtigen? Er hat ein festes Alibi und war zur Tatzeit zu Hause, was seine Frau bestätigen kann."

„Diese Aussage haben auch wir. Ist für uns aber nicht mehr relevant." Solche Alibis sind sehr oft zusammengebrochen, wie ein Kartenhaus.

„Was ist für sie relevant?"

„Nun, für mich ist die Tatbeteiligung an den Mord von Herrn Müllerjahns relevant und über diesen Tatbestand sollte er mir jetzt etwas erzählen."

„Also Herr Kommissar, jetzt werden sie aber fast unverschämt und verdächtigen hier einen unschuldigen Bürger dieses Landes.

Jener der treu und brav seiner Arbeit nachgeht und ein treusorgender Familienvater ist und in zahlreichen Verbänden eine hervorragende Arbeit verrichtet.

Dann wird ihm noch durch einen wahnsinnigen Kerl sein geliebter Sohn genommen, der einfach erschossen wird."

„Ach wie rührend."

„Wollen sie mich verhöhnen, Herr Kommissar?"

„Um Gottes Willen nicht. Aber bedenken sie auch, dass durch die wilde Raserei des Sohnes, ein Mensch ums Leben gekommen ist. Eine Mutter von 3, zum Teil, noch kleinen Kindern."

„Weiter kommt nun hinzu, dass man nun auch den Mann von der tödlich verunglückten Frau Müllerjahns brutal ermordet hat, obwohl er nicht der Täter war, der die beiden Raser umgebracht hat, so wie sie vermuten."

„Aber er war es doch?"

„Nein! Er war es nicht! Somit wurde ein völlig Unschuldiger getötet."

„Herr Karlsberg, wäre es nicht langsam an der Zeit, ein Geständnis abzulegen?"

„Frau Junghans, wie komme ich dazu? Ich habe mir nichts vorzuwerfen!"

„Wirklich nichts?"

„Herr Karlsberg, ich möchte nun endlich von ihnen die Wahrheit hören, sonst mache ich mit ihnen einen ganz kurzen Prozess, da ich bereits ein vollwertiges Geständnis habe!"

„Ha, von wem denn, Herr Schöne?

„Einem Geisteskranken?"

„Der ihnen ein Märchen erzählt hat?"

„Nein, keine Geschichte, sondern reine nackte Tatsachen, die bereits durch die KTU bewiesen sind."

„Sie glauben doch nicht etwa, dass ich mit dieser ganzen Sache etwas zu tun habe?"

„Oh doch, sie sind die Hauptperson in diesem Fall."

„Herr Kommissar, sie erzählen mir hier ein Märchen."

„Gut Herr Karlsberg, dann werde ich ihnen erzählen, was wir wissen.

Sollte ich einen Punkt nicht genau geschildert haben, so können sie ihn ja gerne korrigieren.

Herr Anwalt, wenn sie damit einverstanden sind?"

„Da bin ich mal ganz gespannt, was sie uns da auf den Tisch legen werden."

Also beginne ich wie folgt:

„Sie haben durch ihren Sohn und seinem Freund und deren zwielichtigen Geschäfte mit Herrn Sonsbeck, seines Zeichens der Besitzer der Bar „Cherie" und dem „Mon Chichi" und als Drogendealer polizeibekannt, seine Bekanntschaft gemacht.

Seine Damen, die für ihn arbeiteten, haben sie sehr oft, zu einem Sonderpreis, in Anspruch genommen.

Darüber sollten wir ihre Frau noch einmal ausführlich informieren."

„Wollen sie mich ausliefern?"

„Was erwartet sie dann?"

„Was mich erwartet, ist die Hölle auf Erden, wenn nicht sogar der Tod."

„Nun, da wären sie bei uns aber besser dran."

„Wieso das?"

„Nun, bei uns gibt beste Verpflegung, Einzeltimmer, täglicher Auslauf, Arbeiten in den verschiedenen Werkstätten und allerlei sonstige Abwechslung."

„Darauf bin ich nicht wirklich scharf!"

„Aber nun weiter im Text:

Dann passierte der tödliche Unfall, der beim dem Rennen über der B 437 kurz vor Neuenburg geschah. Daran waren ihr Sohn und dessen Freund beteiligt.

Nach dem Gerichtsurteil, was sehr milde war, fand man beide kurze Zeit später vor ihren Boliden tot auf. Erschossen! Jeweils mit zwei Schüssen.

Sie nahmen an, dass dies Herr Müllerjahns war. Der hatte allerdings zu dieser Zeit ein mehr als wasserfestes Alibi.

Er war auf seiner Dienststelle noch bis spät in der Nacht tätig, da er hier noch zahlreiche Nachforschungen wegen Corona machen musste. Dies wurde durch zahlreiche Kollegen und der Stempeluhr belegt!

Dennoch waren sie blind vor Wut und wollten unbedingt Rache für ihren Sohn, zumal er sie mit seinem Drogenhandel, wo sie übrigens auch mitbeteiligt waren, unterstützte, damit sie ihr reichhaltiges Doppelleben finanzieren konnten.

Denn die Damen von Herrn Sonsbeck, den sie ja nicht kennen wollen, deren Damen sie aber sehr regelmäßig in Anspruch nahmen, kosteten schon eine Menge Geld, dass sie nicht von ihrem Einkommen abzweigen konnten, da ihre Frau hier ihre Hand drauf hielt.

Sonst wäre ihr Doppelleben schon früher aufgefallen.

Sie gingen daher her, und machten Herrn Sonsbeck zum Vollstrecker ihres Plans zum Tod an Herrn Müllerjahns, da er ja auch die beiden Jugendlichen kannte mit denen er einen recht lebhaften Drogenhandel betrieb.

Dafür sollte Sonsbeck 10.000 Euro erhalten. Dieses Geld haben sie ihm einen Tag später auf sein Konto überwiesen. Hier konnten wir es sicherstellen.

Frau Junghans, sie können Herrn Karlsberg doch sicher sagen, von welchen Konto er die 10.000 Euro überwiesen hat?"

„Herr Karlsberg, wir haben herausfinden können, dass das Geld von dem Konto ihres Sohnes stammte. Hier sind die Bankdaten!"

„Was sagen sie dazu Herr Karlsberg?"

„Was wollen sie von mir hören? Ein Geständnis? Da können sie lange warten!"

„Ich glaube, Herr Karlsberg, sie verkennen ihre Lage."

„Wieso?"

Die Tür zum Verhörraum ging auf und Schulz trat ein.

„Herr Schulz, sie kommen auf den Punkt genau!"

„Was hat der jetzt mit mir zu tun?"

„Erstens, dies ist Haupt-Kommissar Schulz, seines Zeichens Leiter der Kripo-Stelle hier in Oldenburg und er hat mir gerade das unterschriebene Geständnis von Herrn Sonsbeck gebracht."

„Bevor wir zu ihnen kamen, hatten wir das Gespräch mit Herrn Sonsbeck geführt.

Aufgrund der massiven Beweislage konnte er nicht mehr anders, als ein umfassendes Geständnis abzulegen. In diesem werden auch sie schwer belastet. Besonders, als er hörte, dass sie ihn angeblich nicht kennen würden.‟

„Herr Karlsberg, damit reicht die Beweislast schon aus, sie zur Beihilfe des Mordes anzuklagen.‟

„Frau Junghans, Herr Schöne, sie können mir gar nichts nachweisen.‟

„Doch das können wir.‟

„Was können sie mir überhaupt nachweisen? Vermutlich gar nichts!‟

„Sie versuchen hier mit fadenscheinigen Taschenspieler-Tricks mich zu verunsichern.‟

„Mehr nicht!"

„Sie will keiner verunsichern."

„Wir können ihnen die Zahlung von den 10.000 Euro nachweisen, die sie veranlasst haben, was uns der Leiter der Bank bestätigt hat.
Und wer überweist schon 10.000 Euro auf ein Konto, dessen Besitzer er nicht kennt?"

„Zweitens haben wir ihre Handydaten und Verbindungen. Da haben sie am Tag der Tat, den ihnen unbekannte Herrn Sonsbeck dreimal angerufen. Ein Anruf erfolgte erst eine halbe Stunde vor der Tat.

Vermutlich haben sie Herrn Sonsbeck die letzten Informationen gegeben und waren vor Ort seiner Arbeitsstelle, da Herr Müllerjahns immer unregelmäßige Arbeitszeiten in Rahmen der Corona-Krise hatte.

Damit brauchte Herr Sonsbeck jene Information, wann er in den Bus an seiner Arbeitsstelle einsteigt."

„Was faseln sie sich da bloß für einen Quatsch zusammen."

„Herr Mullert, was haben sie noch für eine Nachricht für uns? Sagen sei es ruhig laut in diese Runde herein."

Herr Kommissar Schulz hat mich noch einmal angesetzt zusätzliche Nachforschungen anzustellen, vor allem in Umkreis der Arbeitsstätte von Herrn Müllerjahns und in den beiden Bars. Dazu bin ich zu folgenden Aussagen gekommen."

„Alles reine Lügen!"

„Herr Karlsberg, lassen wir Herrn POM Mullert doch seine Ermittlungen uns mitteilen."

„Herr Anwalt, verdammt noch einmal, wollen sie nicht endlich mal einschreiten, wofür bezahle ich sie eigentlich?"

„Herr Karlsberg, wir sollten doch mal zuhören, was man hier heraus gefunden hat, damit wir eine bessere Grundlage haben, dagegen gerichtlich anzugehen."

„Anzugehen, anzugehen... mehr höre ich nicht von ihnen! Mein Gott, die wollen mir hier einen Mord unterjubeln. Merken sie das nicht?"

„Nein, Herr Karlsberg, sie tun nur ihre Pflicht und dies machen sie sehr gründlich. Vielleicht wäre es ratsam, endlich mit der Wahrheit herauszurücken, damit wir einen Abschluss finden können."

„Spinnen sie jetzt ganz? Ich soll etwas gestehen, was ich nicht getan habe? Sie ticken nicht ganz richtig mehr!"

„So Herr Karlsberg, jetzt mal weiter im Verhör. Mit reicht es langsam. Ich sage ihnen was geschehen ist:

Wie ihnen schon Frau Junghans erklärte, haben sie von dem Konto ihres Sohnes, wie uns der Leiter der Bank bestätigt hatte, die 10.000 Euro abbuchen lassen.

Dann haben sie auf das Konto von Herrn Sonsbeck, der ihnen ja unbekannt war, die Summe von 10.000 Euro überweisen lassen, einen Tag nach dem Mord!

Dabei fragen wir uns natürlich, wer überweist einem Unbekannten 10.000 Euro auf ein unbekanntes Konto? Für welche Leistung?

„Aber..., aber...“

„Nichts aber, jetzt rede ich:

Herr Mullert hat bestimmt Zeugenaussagen, die ein Treffen zwischen Ihnen und Herrn Sonsbeck beeiden können."

„Das habe ich!"

„Dann haben sie auch den Beweis, dass sie sich an dem Tag des Mordes in Oldenburg, vor der Arbeitsstätte von Herrn Müllerjahns aufgehalten haben?"

„Ja, den habe ich auch!"

„Sagen sie noch nichts, Herr Mullert. Wie ich erfahren habe, wird die Arbeitsstelle von Herrn Müllerjahns Video überwacht.
Und jetzt möchte ich mit ihnen wetten, dass wir eine sehr schöne Aufnahme von Herrn Karlsberg haben."

„Herrn Schöne, sie bluffen nur. Sie haben nichts in der Hand.

Sie nehmen nur an!

Sie wollen mich nur verunsichern."

„Keineswegs Herr Karlsberg. Herr Mullert jetzt haben sie ihren Auftritt."

„Ja, zuerst zu den Aussagen aus den Bars.

Eine ihrer Damen gab uns schriftlich den Hinweis, dass sie ein Gespräch mitgehört habe, wo es um die Beseitigung des Mörders seines Sohnes ging. Eine andere Dame aus dem Hause gab an, auch schriftlich, dass sie sich drei Tage vorher mit Herrn Sonsbeck getroffen haben, wo es um ein Geschäft ging, wo für ihn, also Herrn Sonsbeck, 10.000 Euro herausspringen könnte, wenn er den Mut hätte, diese Ausführung zu übernehmen.

Gleichzeitig ging es auch um die Weiterführung des Geschäftes mit den Drogen, dass die beiden jungen Freunde Miller und Karlsberg aufgebaut hatten, um ihrer Leidenschaft zu schnellen Autos zu frönen."

„Darf ich hier noch kurz eine Anmerkung einwerfen?"

„Aber ja, Herr Schöne."

„Bei der Hausdurchsuchung bei den Millers fanden wir im Haus rund 10 Kilogramm Cannabis, bereits zum Teil sauber portioniert, sowie in einem Gartenhaus oder auch als Treibhaus zu bezeichnen über 800 Pflanzen, die zum Teil schon abgeerntet waren. Rund 40 Kilogramm waren schon verpackt in Plastiksäcken und für den Abtransport vorgesehen. Weitere Mengen waren schon für den Versand vorgesehen.

Dies nur zur ihrer Information Herr Karlsberg.

Das weitere Geschäft mit den Drogen ist damit geplatzt. Herr Mullert machen sie bitte weiter."

„Ja, sehr gerne. Interessant waren aber die Auswertungen der Videokameras auf dem Gelände des Gesundheitsamtes. Vor allem der Parkplatz wird entsprechend überwacht."

„Das ist ja noch schlimmer, als bei der Stasi."

„Herr Karlsberg, lassen sie Herrn Mullert fortfahren."

„Sie sind auf zwei Videos sehr schön zu erkennen. Ich lasse beide Videos mal abspielen.

Hier sehen sie das erste Video, dass sie auf dem Parkplatz zeigt, wie sie zwischen 16 und 18.45 h dort standen und den Ausgang intensiv beobachten. Sogar per Feldstecher!

In dem zweiten Video sehen wir, wie sie um 18.45 aus ihren Wagen ausstiegen und telefonierten.

Es ist 18.45 h!

Eine Minute zuvor hatte Herr Müllerjahns seine Mitarbeiterkarte abgestempelt.

Eine andere Kamera, also Video drei, hatte Herrn Müllerjahns erfasst, wie er sich auf dem Weg zur nahen Bushaltestelle machte. Und wenn sie ganz genau hinschauen, sehen wir noch ihre Hand, wie sie ihr Telefon am Ohr halten."

„Aber das ist doch gar nicht meine Hand. Was erzählen sie da?"

„Doch, es ist ihre Hand. Und es ist ihr Ring."

„Herr Mullert können wir die Hand noch einmal vergrößern?"

„Kein Problem, Herr Schöne!"

„Sehen sie Herr Karlsberg, auf der Oberseite kann man deutlich ihr Monogramm sehen. Übrigens tragen sie gerade auch hier den gleichen Ring."

„Herr Mullert danke für die Informationen. Tolle Arbeit! Danke!"

„So, Herr Karlsberg. Genau um 18.45 h ging auch der Anruf auf das Handy von Herrn Sonsbeck ein, indem sie ihm die Information gaben, dass sich Herr Müllerjahns mit dem Bus auf dem Weg nach Neuenburg befindet.
Die Fahrt dauert hier über Land rund 45 Minuten, somit kam der Bus in Neuenburg pünktlich um 19.30 h an.

Fünf Minuten später war Herr Müllerjahns tot."

„Herr Schulz, wie immer kommen sie genau auf das Stichwort."

„Ja, der Haftrichter hat sich die Vernehmung angehört."

„Moment, der war doch gar nicht hier anwesend, wie kann der dabei gewesen sein?"

„Doch Herr Karlsberg, er war live bei dieser Unterredung dabei."

Anhand der Faktenlage, die hier vorliegt und das was in der Vernehmung vorgetragen wurde, konnte er schon einmal den Haftbefehl für sie ausstellen."

„Was, sie wollen mich...?"

„Ja, oder haben sie es lieber, wenn wir ihrer Frau, die hier im Präsidium ist, über ihr Scheinleben umfassend aufklären?"

„Nein..., nein..., bringen sie mich sofort weg! Um Gottes Willen!"

„Abführen!"

„So, den Mord an Herrn Müllerjahns haben wir aufgeklärt, jetzt müssen wir nur noch die Morde an den Jungs aufklären!"

„Herr Schöne haben sie da einen Verdacht?

„Frau Junghans, ich habe da einen ganz bösen Verdacht."

„Wen haben sie im Verdacht?"

„Jemanden, mit dem keiner gerechnet hat."

„Waren es die Eltern von Herrn Müllerjahns oder gar die Schwiegereltern?"

„Man könnte es ja verstehen, die Eltern von Klaus Müllerjahns haben ihre Schwiegertochter verloren, die drei Kinder hinterlässt und ihren Sohn, der dann alleine mit drei Kinder sein Leben fristen musste.

Wäre es da nicht verständlich, wenn der Senior hier zur Tat schreiten würde? Es wurde ja auch eine Waffe aus alten Kriegszeiten eingesetzt. Könnte ja alles sehr naheliegend und verständlich sein.

Oder die Eltern der Tochter, die so auf tragische Weise um´s Leben gekommen ist. Dabei bleiben drei, noch kleine Kinder auf der Strecke, wie dann auch später noch der Schwiegersohn.
Beide Elternpaare haben hier einen großen Verlust erlitten, der sie schwer getroffen hatte.

Wenn man auch hier das Alter berücksichtigt, liegt die Vermutung nahe, dass sich einer bereit erklärt hat, die beiden Jungs, für ihre Tat, zur Rechenschaft zu ziehen, da dies das Gericht es nicht getan hatte.

Da wurden zwei Raser nur zu einer geringen Geldstrafe verurteilt, obwohl dabei ein Mensch getötet worden war, dann wurde eine Fahrerflucht begangen, durch den Ort gerast, dabei einen zweiten Unfall verursacht, auch hier wieder sich mit Hilfe einer Fahrerflucht vom Tatort entfernt. Allein dies hätte schon ein Mehr an Strafe nach sich ziehen müssen.

Dies geschah aber nicht.

Bei der Durchsuchung der drei Häuser konnten wir keinen Hinweis finden, der uns weiterbringen konnte.

Der Schlussakkord

Daher haben wir den Freund von Melanie ausfindig gemacht und sind fündig geworden.

Er heißt Lukas Bohne und ist 17 Jahre alt und geht in die gleiche Schule wie Melanie." Beide sind jetzt hier im Verhörraum 4."

„Ah, deshalb wollten sie, dass ich da Nachforschungen anstellen sollte."

„Frau Junghans, was uns auch weiterbringen wird. Lassen wir uns in den Raum 4 gehen."

Die beiden Kommissare treten ein in den Verhörraum und dort sitzen Lukas und Melanie. Sie waren nervös und rutschten auf ihren Stühlen herum.

„Herr Kommissar, warum sitzen wir hier? Warum hat man uns hierher geholt?"

„Nun, Melanie, wir haben den Mörder deines Vater ausfindig machen können und er hat auch schon ein Geständnis abgelegt."

„Wer ist es denn, der Schuft, der meinen Vater auf dem Gewissen hat?"

„Dies kann ich dir zum jetzigen Zeitpunkt noch nicht sagen. Erst wenn er durch ein Gericht verurteilt ist, ist er schuldig gesprochen. Wir haben bisher nur ein Geständnis von ihm, dass er aber jeder Zeit widerrufen kann."

„Aber ich muss es doch wissen, wer es ist!"

„Ja, Herr Schöne, sonst hat Melanie keine Ruhe mehr."

„Lukas, Melanie weiß schon, warum ich ihr den mutmaßlichen Mörder nicht nennen werde."

„Ich kann dich ja sehr gut verstehen Melanie, aber willst du wieder eine Spirale der Gewalt auslösen, wo unschuldige Personen sterben müssen?"

„Wie meinen sie das?"

„Ich glaube du verstehst mich schon richtig!"

„Ich kann ihnen im Moment nicht ganz folgen, was sie meinen."

„Soll ich dir eine Geschichte erzählen, damit du verstehst, was ich meine?"

„Ja, Herr Kommissar, erzählen sie mal."

„Nun gut Melanie."

„Der plötzliche Tod deiner geliebten Mutter, brachte dich in eine sehr schwierigen Seelenlage.

Solange wie das Unfallgeschehen noch unklar war, warst du sehr gefasst.

Aber, als du im Gerichtsprozess mehr über den tödlichen Unfall erfahren hast und auch das Verhalten der beiden Jungs gesehen hast, dass sie keinerlei Reue zeigten und dann noch, dank ihrer Anwälte so glimpflich davon kamen, da stieg eine grenzenlose Wut in dir auf.

Du hast gesehen, wie dein Vater innerlich zusammenbrach, wie er sich eine neue Stelle suchen musste, um mehr bei euch zu Hause zu sein, wie du immer mehr Verantwortung für deine jüngeren Geschwister übernehmen musstest.

Gleichzeitig hast du auch gemerkt, dass deine Oma und dein Opa nicht mehr die Jüngsten waren, um euch drei den ganzen Tag zu versorgen.

Ein paar Stunden am Tag, okay das war ja noch in Ordnung, aber jetzt jeden Tag, von morgen bis abends? Das zehrte an die Kräfte der alten Leute. Und dies alles nur, weil zwei Vollidioten ihren Kick brauchten.

Aber was das Fass endgültig zum Überlaufen brachte, war das verdammt milde Urteil für die beiden, die immerhin deine Mutter auf dem Gewissen hatten.

Also musstest du hier eine Entscheidung herbeiführen! Und die hast du dann auch herbeigeführt.

Du hast bei deinem Freund gesehen, vielleicht durch einen Zufall, dass sein Vater eine Waffe hatte, eine sogar mit einem Schalldämpfer. Du hast sie an dich genommen.

Geladen war sie auch noch – mit sechs Schuss!

Das war die Gelegenheit, um deinen Plan umzusetzen!
Dann hast du den beiden Jungs aufgelauert. Du wusstet auch, wo sie sich aufhielten. Bei ihren Boliden, die sie so sehr vergötterten. Du kanntest die beiden ja aus deiner Schule.

Deshalb war es auch nicht schwer für dich, um nah genug an die Jungen heranzukommen, um die beiden zu erschießen. Nachdem du die beiden erschossen hattest, brachtest du die Waffe wieder heimlich zurück und deportiertest sie wieder an ihren alten Platz.

Wir haben die Waffe im Hause deines Freundes gefunden und auch darauf deine Fingerabdrücke sicherstellen können. Ferner fehlten hier vier Schuss aus dem Magazin.

Diese Kugeln fanden wir ja leider den Weg in den Körper der beiden toten Jungs.

Ein weiteres Glück für uns war, dass wir deine Sachen, die du bei der Tat getragen hattest, gefunden haben und sie auf Schmauchspuren untersucht haben. Auch hier wurden wir fündig!

Damit schließt sich der Kreis!

Für die Tat hätte ich vielleicht noch Verständnis gehabt, aber mit deiner, letztendlich doch sinnlosen Aktion, hast du auch deinem Vater nun auf dem Gewissen."

„Wieso, Herr Schöne?"

„Nun Melanie, dein Vater ist aus Rache für den Tod seines Sohnes ermordet worden."

„Wer war das?"

„Du!"

„Ich?

Wieso?"

„Du hast Rache für den Tod deiner Mutter genommen.

Auslöser war das geringe Strafmaß, dass den beiden Täter verabreicht wurde. Du hattest erheblich mehr erwartet. Aber leider folgte das Gericht deinem Wunsch nicht.

Also nahmst du die Sache selber in die Hand.

Bloß an eines hast du nicht gedacht oder bedacht:

An das Schicksal deines Vaters.

Es war doch klar, dass die Eltern der Jungen, ihn als Täter auserkoren haben, auch ohne irgendwelche Beweise."

„So reifte bei ihnen der Gedanke, hier Rache zu nehmen, für das brutale Auslöschen ihres geliebten Sohnes.

„So reifte ein perfider Plan."

„Wer hat denn nun diesen perfiden Plan sich erdacht?
Es kann doch nur einer von den beiden Familien Miller oder Karlsberg gewesen sein?"

„Diesen Gedanken solltest du wieder ganz schnell vergessen! Er bringt nur weiteres Unheil!"

Der Plan kam dann an jenem Tag zur Ausführung, als dein Vater starb. Damit trägst du im weitesten Sinne auch eine Mitschuld, an dem Tod deines so geliebten Vaters. Damit wurde eine Spirale in Gang gesetzt, die letztendlich mit vier toten Personen endete."

„Zuerst deine Mutter, die durch einen unverschuldeten Unfall aus dem Leben gerissen wurde. Dann wurden beide Verursacher tot aufgefunden. Erschossen! Als letztes wurde dein Vater Opfer eines Racheakts."

„Das wollte ich nicht. Wirklich nicht."

„Sagst du mir nun, wie dies alles passiert ist?"

„Herr Schöne, sie haben die Abfolge schon sehr genau beschrieben. Mehr brauche ich da nicht mehr hinzufügen."

„Melanie, nun sag` mir einmal, warum hast du die beiden Jungen umgebracht?"

„Ja, warum?"

„Aus Wut oder Verärgerung?"

„Sehen sie Herr Kommissar Schöne, ich habe mit ansehen müssen, wie mein Vater nach dem Tod seiner Frau und unser geliebten Mutter innerlich zusammengebrochen ist, bei einem völlig unsinnigen Rennen, wo sich zwei Jugendliche beweisen wollten, wer den schnelleren PS-Boliden besitzt.

Dabei nahmen sie auch das Risiko in Kauf, Unschuldige in den Tod zu schicken, wie es ja bei meiner Mutter geschah, die ja nur auf dem Weg zur ihrer Arbeit war, um unsere Familienkasse aufzubessern."

„Woher hast du die Waffe denn her? Bei der Hausdurchsuchung haben wir aber keine Waffe gefunden."

„Nein, da konnten sie auch keine finden."

„Ich habe sie von meinem Freund genommen, um es noch genauer zu sagen, von seinem Vater."

„Wieso das?"

„Mein Freund hatte mir einmal erzählt und auch gezeigt, das sein Vater alte Erinnerungsstücke aus den Kriegsjahren sammelt. So auch jenen alten Armee-Revolver. Die Sachen lagen unter Verschluss. Aber ich hatte mir gemerkt, wo der Schlüssel versteckt lag."

„Was geschah dann?"

„Nachdem die beiden vom Gericht ohne eine große Strafe davon gekommen sind und es auch kein Bedauern gab, stand für mich fest:

„Ich musste was tun!"

„Was musstet du tun?"

„Ich sah, wie mein Vater immer mehr innerlich zerfiel. Er fing an zu trinken.

Er ging zwar noch zur Arbeit, aber auch da bemerkte man es, dass er nicht mehr das leisten konnte, was er früher leistete und was man von ihm erwartete. Abends zog er sich traurig in ein Zimmer zurück. Oft hörte ich ihn weinen und immer wieder sagen:

„Warum nur..,?"

„Warum nur...?"

„Warum gerade sie?"

Auch meine kleinen Geschwister vermissten ihre Mutter sehr!

Obwohl unsere Omas alles für uns taten, konnten sie die Mutter einfach nicht ersetzen. Eines Tages auf dem Weg zur Schule sah ich die beiden, wie sie sich wieder ein Rennen lieferten. Diesmal ging es noch gut.

Bei meiner Mutter nicht!

„War dies der Auslöser?"

„Nein, das war eine Begegnung ein paar Tage später auf dem Schulhof, als die beiden damit prahlten, wer der bessere Fahrer sei.

Ich kam dazu und sage ihnen ins Gesicht, dass sie feige Mörder sind. Ihr habt mir, durch eure wahnsinnige Raserei, meine über alles geliebte Mutter genommen.

Sie lachten und verhöhnten mich nur noch!"

Wenn deine Mutter nicht Autofahren kann und gegen einen Baum fährt, ist sie da nicht selber schuld? Ich sagte ihnen noch:

Das war aber nicht der Auslöser?

Ihr habt das Fahrzeug meiner Mutter gerammt, weil einer von euch auf der falschen Straßenseite fuhr und so die Ursache für den Unfall ward. Dann habt ihr euch einfach auf und davon gemacht, ohne meiner Mutter zu Hilfe zu kommen.

Einer antwortete daraufhin zu mir.

„Wie soll ich da anhalten, wo ich doch gerade in Führung lag?"

Da war für mich das Maß voll! Ich sah irgendwie nur noch rot!"

„Was geschah dann?"

„Ich habe bei einem Besuch bei meinem Freund mir die Waffe geholt. Sie war geladen mit sechs Schuss."

Dazu gab es noch einen Schalldämpfer, den nahm ich ebenfalls mit. Das sollte reichen! Am nächsten Tag wusste ich, wo sich die beiden aufhielten. Beide pflegten ihre Auto gerade.

Ohne zu zögern ging ich auf sie zu und gab jeweils zwei Schüsse ab. Sie waren tödlich. Mein Kommen haben sie nicht einmal gemerkt, so laut war ihre Musik. Bei dem Lied „Highway to hell", fuhren sie dann selbst zur Hölle!"

„Weißt du, was jetzt passiert?"

„Ja, darüber bin ich mir im Klaren. Ich werde verurteilt, meine kleinen Geschwister werden vermutlich in ein Heim kommen und mein Vater?

Ich weiß nicht, wie er dies im Himmel verkraften wird."

Seine Tochter als „ Racheengel".

„Mit allem habe ich ja gerechnet, aber das du die beiden Morde begangen hast, darauf wäre ich im Leben nicht gekommen."

„Mit wem hätten oder haben sie denn gerechnet?"

„Eher mit einem der Herren aus deinem Familienbund.

Dem Vater der Tochter, der Ehemann oder der Schwiegervater."

„Wie kamen sie dann auf mich?"

„Nun, da wir keinerlei Waffen in den Häusern gefunden hatten, wurde ich stutzig, zunächst hatte ich noch deinen Freund im Visier, aber dann rücktest du immer mehr in meinem Focus und ich hatte Recht.

Ich kann deine Verzweiflung sehr gut verstehen. Da wird, durch ein völlig sinnloses Rennen, deine Mutter in einen tödlichen Unfall verwickelt, für den sie nichts konnte und auf der Strecke bleibt eine zerstörte Familie.

Dein Vater verkraftet nicht den Verlust seiner geliebten Frau, ihr die Geschwister, leiden unter dem Verlust der Mutter.

Dann kommt noch das viel zu milde Urteil hinzu, die verletzenden Äußerungen der beiden jungen Rasern. Da staucht und baut sich einiges an Ärger auf.

Ich kann dies sehr gut verstehen. Aber auf so einem Weg, kann man keine Gerechtigkeit erzielen."

„Wenn ich jetzt so darüber nachdenke, dann bereue ich zwar meine Tat, aber ich konnte doch auch nicht zulassen, das die beiden Idioten ungeschoren davon kommen."

„Oder?"

Durch ihre völlig hirnrissige Raserei, haben sie eine ganze Familie in den Abgrund gerissen und haben einfach weitergemacht, als wäre nichts geschehen!

Sollte ich dies so hinnehmen?"

„Wir werden alles versuchen, was in unserer Kraft steckt, dir dabei zu helfen, einen gnädigen Richter zu finden.

Das du mit einem milden Urteil dennoch die Möglichkeit erhältst, deinen Weg zu machen. Aber jetzt stehst du erst einmal unter der Sicherung durch das Jugendamt. Alles weitere wird sich zeigen."

„Danke Herr Kommissar Schöne!"

„Ist schon in Ordnung."

„Vielleicht nur noch eins, dass mein Vater, durch mein eigensinniges Handeln, zu Tode kam. Mit dieser Schuld muss ich nun leben, aber Herr Schöne, bringen sie bitte den Täter oder die Täter möglichst lange hinter Gittern.

Bitte!"

„Melanie, dies ist schon geschehen. Wir haben die Täter, die deinen Vater umgebracht haben und sie werden ihre gerechte Strafe erhalten, dies verspreche ich dir.

Bloß, was soll ich jetzt nur mit dir machen?"

„Sie wird bis zum Prozess in der Aufsicht des Jugendamtes bleiben."

„Melanie, eines muss du mir aber Versprechen, nutze die Zeit und beende deine Schule, mache eine Ausbildung und arbeite in dem Beruf, der dir Spaß macht."

„Denn eines weiß du aber auch, du hast deine jüngeren Geschwister in eine sehr schwere seelische Lage gebracht, wie dich auch selbst. Ihr werdet lange brauchen, um mit dieser Situation fertig zu werden.

Sie brauchen dich heute um so mehr. Verspricht du mir, dass du die nicht ganz einfache Aufgabe wahrnehmen wirst?"

„Ja, Herr Schöne, dass mache ich. Aber was geschieht jetzt mit mir? Muss ich ins Gefängnis?"

„Ich denke mal nicht, da du noch minderjährig bist.

Aber du wirst vermutlich Auflagen erhalten, die du einhalten solltest. Vielleicht wirst du für einige Zeit in einem Heim leben müssen."

„Gut, das werde ich tun, Herr Schöne. Danke nochmals!"

„Melanie, wir werden noch das Protokoll erstellen, welches du noch unterschreiben muss."

„Damit betrachten wir das Verhör als beendet."

Die Verhörräume leerten sich. Man traf sich noch zu einem kurzen Gespräch, natürlich auch zu Kaffee und Plätzchen, um mit den Fall abzuschließen.

„Herr Schöne, wie kamen sie auf die Idee oder den Gedanken, dass Melanie für den Tod der beiden Jungs verantwortlich war?"

„Frau Junghans, auch ich habe zunächst jemanden aus dem Elternkreis für verdächtig gehalten, was nur allzu natürlich wäre.

Aber da wir in den drei Häusern keinerlei Hinweise gefunden haben, wurde ich stutzig.

Entweder hatte man alles sehr gut getarnt oder es musste noch eine Stelle geben, die für die Tat verantwortlich sein könnte.
In den Verhören wurde mir immer mehr klar, dass Melanie damit etwas zu tun haben musste.
Sie wollte und musste handeln, was sie auch tat. Ohne allerdings dabei zu berücksichtigen, dass sie dadurch auch ihren Vater im entfernten Sinne damit töten würde.

Ein tragischer Entschluss, der mit dem Tod eines geliebten Menschen endete."

„Allein damit zu leben, wird nicht einfach für sie sein."

„Nein, aber ich denke, sie wird darüber hinwegkommen, was aber Zeit braucht."

„Herr Schulz, danke für ihre Hilfe und Unterstützung in diesem Fall.

Einen besonderen Dank richten sie bitte Herrn POM Mullert aus, der eine tolle Arbeit gemacht hat."

„Das werde ich machen!"

„Ja, den Mann sollte man im Auge behalten."

„Gut zu wissen, Herr Schöne."

So, Frau Junghans, es ist mal wieder spät geworden. Machen wir uns auf dem Heimweg."

„Wir könnten noch kurz im „Oltmanns" in Friedeburg einkehren, um dort zu Abend zu essen, wenn man dies überhaupt kann?"

„Herr Schöne, ich höre mich nicht nein sagen!"

Aber bevor wir losfahren sollten, sollten wir dort anrufen, ob unser Wunsch möglich ist, oder ob es nur ein Essen „to go" gibt.

Wenn überhaupt in diesen Zeiten dies noch möglich ist."

„Ja, diese Zeiten sind wirklich unberechenbar."

„Dann wünsche ich ihnen noch eine gute Heimfahrt und auch einen Dank für die schnelle Aufklärung des doch recht ungewöhnlichen Falls."

„Danke Herr Schulz. Dann mal bis zum nächsten Mal und auch ihnen einen schönen Abend."

Ein neuer Fall?

„Ach Herr Schöne, Frau Junghans, da fällt mir gerade ein Fall ein, der uns vor viele Rätseln stellt. Darf ich ihnen den Fall ans Herz legen?"

„Ja, warum nicht, wir sind ja jetzt gerade frei, um was geht es dort?"

„Es geht hier um zwei Morde. Einmal wurde ein Knecht eines landwirtschaftlichen Gutes ermordet und dann der Leiter einer örtlichen Sparkasse. Er wurde vor der Sparkasse aus einem vorbeifahrenden Auto erschossen."

„Stehen die beiden Morde in einer Verbindung?"

„Was wir bisher an Informationen vermutlich nicht,"

„Wo spielte sich das Ganze ab?"

„In Rhauderfehn."

„Gut, wir werden uns dem Fall annehmen, aber dazu brauchen wir die bisherigen Ergebnisse der Ermittlungen."

„Die lassen wir ihnen schnellstens zukommen."

„Ja, danke."

Ich wünsche Ihnen noch eine gute Heimfahrt und ein gutes Gelingen bei dem neuen Fall, Herr Schöne und Frau Junghans."

„Danke, wir werden dies schon machen, Herr Schulz!"

„Das weiß ich, Frau Junghans."

„Tschüss und bis auf bald."

„Ja, tschüss."

Schlusswort

In den anschließenden Prozessen wurde die beiden Herren Karlsberg und Sonsbeck, wegen gemeinschaftlichen Mordes an Herrn Müllerjahns zu einer lebenslangen Haftstrafe verurteilt.

Herr Miller wurde wegen Drogenhandel zu einer Gefängnisstrafe von fünf Jahren verurteilt.

Melanie Müllerjahns konnte strafrechtlich noch nicht belangt werden, wurde unter einer psychologischen Obhut gestellt und durfte bei ihren Großeltern und ihren Geschwistern bleiben.

Die Beerdigung ihres geliebten Vaters brachte sie in arge seelische Nöten, da sie letztendlich für seinen Tod mitverantwortlich war.

Hätte sie nicht die beiden Jugendlichen, die für den Tod ihrer Mutter verantwortlich waren, nach dem doch recht milden Urteilsspruch, selbst gerichtet, wäre eine Spirale der Gewalt beziehungsweise der Rache ausgeblieben.

Wäre sie jetzt weiter gegangen, dann wäre mit dem heutigen Tag, mit Sicherheit zwei weitere Mordopfer zu beklagen gewesen.

Zum Glück konnte diese Spirale der Wut, der Rache, der Willkür unterbrochen werden, denn Trauer und Entsetzten gab es schon genug.

Aber schon steht der nächste Fall an, der die Kommissare Schöne und Frau Junghans ganz schön in Atem halten werden.

Bisher sind aus der Serie:

„Kommissar a. D. Klaus Schöne"

folgende Bücher zwischen 2017 und 2024 erschienen:

2017 Aktenzeichen 2609
Ein ungeklärter Mord auf
Baltrum

2017 Aktenzeichen 1510
Leichenfund in einer Friedeburger Kiesgrube

2019 Aktenzeichen 1017
In der Tiefe des Moores

2020 Aktenzeichen 1119
Aphrodite

2021 Aktenzeichen 1021
Das Schweigen

2022 Aktenzeichen 1020
Marie van de Ark

Das Autoren-Team

Fritz-Stefan und Manuela Valtner

Nach unserer Hochzeit im Jahre 2011 haben wir 2012 unseren gemeinsamen Neuanfang hier im Norden begonnen.

Unser gemeinsames Glück fanden wir in der friesischen Gemeinde Zetel.

Neben vielen anderen Gemeinsamkeiten ist das Schreiben und Gestalten von Büchern zu einem Hobby von uns geworden.

Mittlerweile haben wir dreißig, zum Teil auch sehr persönliche Bücher, gemeinsam herausgebracht.

Zahlreiche Zeichnungen stammen dabei aus unseren Federn, wie auch viele Fotos, die wir auf unseren Fahrten im Norden „schießen" konnten.

Zu unseren weiteren Hobbys gehört auch das Töpfern mit Ton, das Arbeiten mit Knetbeton, das Malen mit Acryl - Farben und vieles mehr.

Bisher sind folgende Bücher von Fritz-Stefan Valtner erschienen:

2009
Das Leben und Wirken des Strohwitwers Fritz
ISBN: 978 3941 759070

2010
Plötzlich allein... wie soll ich Leben ohne Dich?
ISBN: 978 3939 241058

Sex kann so schön sein... man muss ihn nur haben!
ISBN: 978 3939 241010

2011
Kolvensbachs Pitter... und sein leidvoller Ehealltag.
ISBN: 978 3939 241669

2013
Mein Name ist Jacey... die Hauskatze
ISBN: 978 3944 028224

2015
Rusty packt aus... die Welt aus
Katzenaugen
ISBN: 978 3981 1709223

2017
Kommissar a. D. Klaus Schöne
Aktenzeichen 2609
Ein ungeklärter Mord auf Baltrum
ISB: 978 3741 288135

Das Leben des Peter Bork
ISBN: 978 3744 829366

Liebe zwischen Lee und LUV
ISBN: 978 3744 830607

Plötzlich allein... aber das Leben geht
weiter!
ISBN: 978 3746 034393

Kommissar a. D. Klaus Schöne
Aktenzeichen 1510
Leichenfund in einer Friedeburger
Kiesgrube
ISBN: 978 3741 281082

2018
Gamaschen Fynn... ein Kater erzählt
ISBN: 978 3748 151944

2019
Kommissar a. D. Klaus Schöne
Aktenzeichen 1017
In der Tiefe des Moores
ISBN: 978 3749 421503

Burn out … der lange Weg in die
Krise
ISBN: 978 3749 429660

Sommertraum(a
ISBN: 978 3743 159473

Moritz... der kleine Filou
ISBN: 978 3749 497911

2020
Verlorene Jahre
ISBN: 978 3751 989596

Kommissar a. D. Klaus Schöne
Aktenzeichen 1119
Aphrodite
ISBN: 978 3752 610803

Die Stammtischrunde „Lütte Jungs"
Teil 1
ISBN: 978 3752 609929

2021
Kommissar a. D. Klaus Schöne
Aktenzeichen 1021
Das Schweigen
ISBN: 978 3754 352427

Der Spieler
ISBN: 978 3754 352328

Die Stammtischrunde „Lütte Jungs"
Teil 2
ISBN: 978 3754 352113

2022
Kommissar a. D. Klaus Schöne
Aktenzeichen 1020
Marie van de Ark
ISBN: 978 3754 322765

Kommissar a. D. Klaus Schöne
Aktenzeichen 1120
Ein stiller Helfer
ISBN: 978 3754 322700

Der Strohwitwer Fritz
... der Irrsinn geht weiter
ISBN: 978 3754 324646

Kommissar a. D, Klaus Schöne
Aktenzeichen 0522
Spurlos verschwunden
ISBN: 978 3756 842216

Die Stammtischrunde „Lütte Jungs"
Teil 3 – 6
ISBN: 978 3756 843558

2023
Kommissar a. D. Klaus Schöne
Aktenzeichen 0522
Der Zeuge
ISBN: 978 3758 309137

2024
Mein Käfer und ich
ISBN: 978 3759 754208

Gestatten, wir sind … Balu, Merlin und Liz

ISBN: 3759 795641

Weitere Texte finden sie in den
nachstehenden Anthologien
2010 - 2013:

Deutsche Literaturgesellschaft
- **Gedichte, die die Zeit überstehen -**
- Erinnerungen
- Liebe
- Weihnachten

August von Goethe-Verlag
- **Glücklich allein ist die Seele, die lebt -**
- Der Hochzeitstag
- Mein geliebter Schatz
- Wehmut

Zwiebelzwerg-Verlag
- **Keinen Augenblick mehr mit dir -**
- Der Talisman
- Mein geliebter Schatz II